Peter Dippold

Frankfurt-

Lindenstraße

Der Fußballspieler mit dem gelben Stern

Im Gedenken an

Julius (Jule) Lehmann

Jude und Fußballspieler bei Eintracht Frankfurt bis 1937

Verschollen und wahrscheinlich 1942 aus Frankfurt in die Konzentrationslager nach Osten deportiert. Sein Bruder, Max Lehmann, ebenfalls Eintrachtler, wurde noch 1945 nach Theresienstadt verbracht, er überlebte den Terror der Nationalsozialisten.

Am 25. März 1949 wurden die Mutter Julius Lehmanns, Sara Lehmann und Julius Lehmann nach Amtsgerichtsbeschluss für tot erklärt. Das Todesdatum für Julius Lehmann wurde auf den 8. Mai 1945 festgelegt.

Aus den abgründigen Zonen, die ich in sieben Jahren, inmitten Geblendeter und Verdammter, die wie besessen gegen jede Spur von Menschenwürde anrasten, durchwandert habe, lässt sich nichts Gutes berichten. Da es aber ein Ecce-Homo-Spiegel ist, der nicht irgendwelche Scheusale zeigt, sondern *dich und mich*, sobald wir nur dem gleichen Geiste verfallen, dem jene verfallen sind, die das System geschaffen haben, mußte er uns vorgehalten werden.

...

Die schlimmste Erbschaft, die der Nationalsozialismus hinterlassen hat, ist der Geist des Hochmuts, der Selbstherrlichkeit, der Gewalt und des Hasses.

Eugen Kogon: Der SS Staat
Frankfurt am Main, 1946
Aus dem Vorwort zur Neuauflage, Falkenstein 1959

Impressum

FuB Verlag Peter Dippold
Bühlweg 5
35510 Butzbach

http://www.fub-verlag.de
ISBN: 978-3-944908-04-5

Cover

Foto auf dem Cover: Jugendliche Fußballspieler der Eintracht Frankfurt der 30er Jahre auf dem Übungsplatz am Riederwald, mit freundlicher Genehmigung des Eintracht-Frankfurt Museums.

http://www.eintracht-frankfurt-museum.de

Handlungen und Personen dieses Buches sind größtenteils frei erfunden. Aus Gründen der historischen Genauigkeit waren Parallelen zu noch lebenden oder bereits verstorbenen Personen jedoch nicht zu vermeiden.
Lediglich Personen des öffentlichen Lebens, einschließlich der Spieler der ersten Mannschaft der Eintracht Frankfurt in den zwanziger Jahren, der führenden Persönlichkeiten und Sponsoren des Vereins und der Stadt Frankfurt wurden mit ihren echten Namen benannt.

Paul

„Paul", die Stimme der Mutter hallte durch den Park.
„Mist", dachte er, dabei hatte er es doch versprochen und nun war er heute schon wieder zwanzig Minuten überfällig.
„Gebt mir die Pille“ rief Paul seinen Freunden zu, „ich muss leider, wir spielen morgen weiter.“
Paul, von seinen Freunden Pille genannt, schnappte seinen größten Schatz, den Lederball, den sein Vater vor zwei Jahren aus London mitgebracht hatte und setzte sich eilig in Richtung Elternhaus in Bewegung. Nur gut, dass die letzte Mathematikarbeit einigermaßen akzeptabel ausgefallen war, das würde den Vater milder stimmen. Paul wusste, dass der Vater seine Fußballbegeisterung nicht gerne sah, aber solange er in der Schule einigermaßen mithalten konnte, akzeptierte der Vater seine Leidenschaft. Seit einigen Jahren, genauer seit dem Ende des Krieges, hatte die Fußballbegeisterung, aus England importiert, auch in Frankfurt immer größere Kreise geschlagen und Tausende von Jungen in den Bann gezogen. Paul, im letzten Jahr vor dem Krieg 1913 geboren, machte da keine Ausnahme. Gekickt wurde mit allem, was irgendwie mit Füßen zu bewegen war, auch wenn die Schuhe mitunter erheblich litten. Einen eigenen Lederball besaßen die wenigsten Jungen

und so hatte Paul seit zwei Jahren ein nahezu unangetastetes Ansehen unter seinen Freunden gewonnen, das durch eine geschickte Ballbehandlung und Schnelligkeit auf dem Platz noch verstärkt wurde. Sein großer Traum war in ein oder zwei Jahren zur Eintracht zu gehen und in der Jugendmannschaft zu spielen. Den Vater zu überzeugen, traute sich Paul zu, schwieriger würde die Mutter werden, die dem Treiben noch kritischer zusah, als der Vater. Paul setzte darauf, dass der Vater ihm ohnehin kaum eine Bitte abschlagen konnte. Er würde sich künftig am Riemen reißen müssen und einfach besser auf die Zeit achten. Die Vereinbarung, pünktlich zum Abendessen zu Hause zu sein, wenn der Vater von der Arbeit kam, war an die Zusage, auch weiterhin Fußball spielen zu dürfen, geknüpft.
Kurz nach der Mutter traf Paul in der Lindenstraße mit hochrotem Kopf und außer Atem ein. Der Spurt hätte auf dem Platz jedem Stürmer zu Ehren gereicht und in diesem Fall war er auch in besonderem Maße erforderlich.
„Ich bitte um Entschuldigung, leider habe ich die Zeit vergessen und nicht auf die Uhr geachtet", Paul wusste, dass sein Vater sehr auf korrekte und höfliche Umgangsformen auch innerhalb der Familie achtete.
„Paul, wir hatten eine klare Absprache", der Vater blickte den Jungen prüfend an, „zuerst kommt die Schule, danach das Fußballspiel und das Abendessen um Punkt sieben. Darauf hatten wir uns verständigt und ich möchte, dass du dich daran

hältst. Sonst müsste ich dir das Fußballspielen wieder verbieten."

Paul sah dem Vater in die Augen. „Ich werde mir mehr Mühe geben pünktlich zu sein. Es tut mir wirklich leid, dass ich heute die Zeit so verpasst habe."

Günter Wegener sah seinen Jungen prüfend an. „Du weißt worum es geht, vom Fußballspiel wirst du nicht leben können, wohl aber von einem anständigen Beruf und ich möchte, dass du einmal unser Unternehmen übernimmst und weiter führst. Bis dahin kommt es auf Zuverlässigkeit und auf die Konzentration auf die Schule an, deine letzten Arbeiten waren zwar ein wenig besser, aber ich bin davon überzeugt, dass du viel mehr erreichen könntest. Wie ist denn die Mathematikarbeit ausgefallen? Habt ihr schon die Arbeiten zurück bekommen?"

Paul war froh, dass das unangenehme Thema vom Tisch schien. „Ja, wir haben sie heute zurück bekommen, soll ich die Arbeit holen?"

„Aber natürlich, dachtest du etwa, mich interessiert das nicht?"

Paul stürzte ein wenig erleichtert in sein Zimmer. Seit der Vater das Haus in der Lindenstraße erworben hatte, lebte die Familie in nahezu fürstlichen Verhältnisses im Vergleich zur vorherigen Wohnung. Das Stadthaus hatte zwar schon vier Jahrzehnte gesehen, war aber immer wieder saniert worden, so dass alle vier Wohnungen, die der Familie Wegener im ersten Stock

ebenso, wie die der drei Mieter in gutem Zustand waren. Günter Wegener, im Krieg wegen Tapferkeit mit dem Eisernen Kreuz zweiter Klasse ausgezeichnet, hatte bereits vor dem Krieg ein Modegeschäft eingerichtet und seit Beginn des neuen Jahrhunderts begonnen, eigene Mode zu entwerfen und fertigen zu lassen. Anfang der zwanziger Jahre hatte es die Familie bereits zu einem kleinen Wohlstand gebracht, den Günter Wegener zielstrebig ausbaute. Vor zwei Jahren konnte die Familie aus eigener Kraft das Haus in der Lindenstraße erwerben und, in diesen Zeiten eine Seltenheit, aus eigener Kraft bezahlen ohne Kredite aufzunehmen. Seither hatte Paul sein eigenes Zimmer, klein, aber sein eigenes Reich. Mit der Mathematikarbeit in der Hand kehrte Paul zurück. Gott sei Dank war diese glimpflich ausgefallen und die Note drei darunter bedeutete eine klare Verbesserung gegenüber den beiden Arbeiten zuvor. Paul hatte sich nicht verkalkuliert, der Vater sah das Ergebnis mit Freude, das konnte Paul am Schmunzeln erkennen. Der morgige Fußballtag war also wieder einmal gerettet, so konnte es gerne weiter gehen.
„Na, die Note sieht ja besser aus, als die letzten beiden Male." Günter Wegener war durchaus der Meinung, dass sein Sohn noch besser sein könnte, aber der Fortschritt war wenigstens erkennbar und das war ja immerhin etwas. „Wenn wir das mit der Pünktlichkeit nun auch noch hin bekommen, dann steht

einer Fortsetzung unseres Vertrages nichts im Wege. Möchtest Du am Sonntag zur Eintracht?"
„Oh ja, darf ich?"
„Na klar, und diesmal komme ich mit, ich muss mir doch einmal ansehen, was euch ins Stadion treibt. So ganz verstanden habe ich das ja bisher nicht."
Paul war verblüfft. Zum ersten Mal hatte der Vater Interesse an seinem Fußballsport gezeigt, diese Chance galt es zu nutzen. Else Wegener, Pauls Mutter, hatte sich bislang im Hintergrund gehalten. Paul sah ihr an, dass ihr die Vorstellung, der Mann könnte die Sonntage möglicherweise künftig auf dem Fußballplatz verbringen, wenig behagte.
„Mutter, so ein Spiel dauert nur neunzig Minuten und wir werden spätestens nach zweieinhalb Stunden wieder zu Hause sein. Ich freue mich, wenn Vater einmal mitkommt und das mit uns erlebt."
„Ich weiß nicht, was daran gut sein soll", Else Wegener, seit 1912 mit Günter verheiratet, wirkte mehr als skeptisch. „Die Menschen haben doch im Moment andere Sorgen, als einem Lederball nachzulaufen. Uns geht es gut, aber wie viele Familien wissen nicht, wie sie morgen die Miete oder das tägliche Brot bezahlen sollen."
„Vielleicht ist das genau der Grund, möglicherweise lenkt das Spiel vom alltäglichen Kampf um die einfachsten

Notwendigkeiten des Lebens ab und bietet den Menschen eine Zeit ohne Sorgen.“ Günter Wegener wirkte nachdenklich.

„Natürlich geht es vielen derzeit schlecht, aber ich glaube, wir kommen auch aus dieser schwierigen Situation heraus. Deutschland hat es immer wieder geschafft, Rückschläge zu verkraften und neuen Mut zu gewinnen. Warum sollte das diesmal anders sein? Ich merke doch auch im Geschäft, dass die Frankfurter wieder mehr Geld haben und sich unsere Mode leisten können. Ich glaube fest daran, dass wir die schlimmen Zeiten gerade hinter uns lassen.“

Günter Wegener, der stets Kaisertreue, machte aus seiner Skepsis der Demokratie gegenüber normalerweise keinen Hehl, es beruhigte Else ein wenig, dass ihr Mann begann, nicht nur die eigene Zukunft, sondern auch die der Frankfurter Bürger in einem besseren Licht zu sehen. Günter Wegener hatte die Familie, obwohl im zweiten Kriegsjahr eingezogen, mit einer klugen und vorausschauenden Arbeit bereits während des Krieges auf einen wirtschaftlich erfolgreichen Weg gebracht. So hatte er kurzerhand rechtzeitig die Schneiderei auf den militärischen Bedarf eingestellt und statt Damenmode Uniformen für höhere Offiziere herstellen lassen, ein durchaus einträglicher Wechsel des Geschäftsinhalts, der auch von seiner Einberufung nicht gebremst werden konnte, hatte er es doch geschafft, in kürzester Zeit eine kleine, loyale Belegschaft aufzubauen, die auch in seiner Abwesenheit wusste, was zu tun war. Bevor er nach dem Krieg wieder zur Mode zurück fand, hatte er in einer Übergangszeit, in der es vielen Menschen am Notwendigsten fehlte, sich vor allem auf das Reparieren und Ändern vorhandener Schätze vergangener Tage konzentriert und selbst in düsteren Zeiten mit großem Geschick für einen kleinen Glanz in den Augen der Frankfurter Bürgerinnen gesorgt. Und diese hatten ihn nicht vergessen, als es in den letzten beiden Jahren langsam wieder aufwärts ging. Sein Geschäft in der Berger Straße florierte und Günter Wegener hatte es geschafft, sich in der Frankfurter Gesellschaft einen guten Ruf zu erarbeiten.

„So, ich habe nun wirklich Hunger und unser Abendessen wartet schon." Günter Wegener sah die Skepsis in den Augen seiner Frau, er würde ihr, wenn Paul zu Bett gegangen war, seine Beweggründe in Bezug auf Paul erläutern müssen.

Die nächsten Wochen des Jahres 1925 vergingen wie im Fluge. Paul nutzte jede freie Minute, um mit seinen Freunden im Park zu spielen und seinen Idolen der Eintracht nachzueifern. Sein bester Freund, Gerd Anhäuser, war ebenfalls mit von der Partie. Gerds Vater, Werner Anhäuser, hatte im Frühjahr die Wohnung im Erdgeschoss der Lindenstraße angemietet, in der die Familie mit fünf Personen zwar etwas beengt, aber nicht unkomfortabel wohnte. Gerd teilte sich mit seinen Brüdern ein Zimmer und beneidete Paul um dessen Freiheit, alleine in einem Zimmer leben zu dürfen. Gerds Vater hatte wieder Arbeit bei den

Adlerwerken gefunden und so konnte die Familie die Erdgeschosswohnung in der Lindenstraße, nicht zuletzt aufgrund der recht günstigen Miete, beziehen. Gerd Anhäuser war etwas kräftiger und größer als Paul, was Paul beim Spiel durch Schnelligkeit und Ballsicherheit häufig ausgleichen konnte. Komplettiert wurde die sich regelmäßig treffende Spielgemeinschaft im Park durch vier weitere Jungen im gleichen Alter, die alle im Frankfurter Westend wohnten und gleichermaßen für die Eintracht schwärmten. Pauls Ball, die Pille, tat weiterhin gute Dienste und wurde sorgsam gehegt. Immer wieder hatte Paul aufplatzende Nähte mithilfe des Werkzeugs seines Vaters sorgsam geflickt und so die Lebenszeit des arg strapazierten Balls deutlich verlängert.

In der Schule, Paul besuchte das städtische Gymnasium, verblieben seine Leistungen im gesicherten Mittelfeld, ein Umstand, der seinen Eltern nicht unbedingt gefiel. Dennoch ließen sie Paul die tägliche Freiheit, zumal er versprochen hatte, nach dem Abitur eine Lehre als Schneider zu absolvieren und in den elterlichen Betrieb einzusteigen. Der Vater war nach dem einmaligen Besuch am Riederwald nicht mehr zu den Sonntagsspielen der Eintracht mitgekommen, hatte aber das Taschengeld Pauls so erhöht, dass der Junge sich hin und wieder die Eintrittskarte leisten konnte und nicht, wie seine Freunde, durch Lücken im Bretterzaun rund um das Stadiongelände schlüpfen musste. Die Eintracht hatte die

Bezirksliga Main in der Saison 24/25 zwar nur als Sechster abgeschlossen und war erneut vom Konkurrenten FSV, der Meister wurde, auf die Ränge verwiesen worden, der Begeisterung der Jungen für ihren Verein tat dies jedoch keinen Abbruch. Auf dem improvisierten Spielfeld im Park gaben sie sich die Namen ihrer Idole und kämpften mit gleichem Eifer und Entschlossenheit um jeden Meter und jeden Ball, wie ihre großen Vorbilder.

„Pille, es ist zehn vor sieben, lass uns gehen," Gerd, der von Pauls Vereinbarung mit seinen Eltern wusste, hatte mit Paul abgesprochen, ebenfalls auf die Zeit zu achten und da beide Jungen den gleichen Weg nach Hause hatten, konnte Paul Gerd auf dem Nachhauseweg bei seinen Physik- und Mathematikproblemen den einen oder anderen Rat geben, wofür Gerd, der auf die Mittelschule ging, immer wieder dankbar war. Mit Mühe brachte Werner Anhäuser das Schulgeld für seinen Sohn auf, für Gerd eine Verpflichtung, wenigstens einigermaßen abzuschneiden.

„Sag mal Paul, ihr geht nie in die Kirche, seid ihr christlich?"

„Meine Mutter ist katholisch, mein Vater zum katholischen Glauben konvertiert. Das musste er damals, sonst hätte er meine Mutter nicht heiraten dürfen. Die Großeltern meiner Mutter waren sehr streng."

„Dein Vater war vorher evangelisch?"

„Nein, mein Vater war mosaischen Glaubens, nach der Konvertierung und Heirat mit meiner Mutter hat er jeglichen Kontakt zu seinen Eltern verloren. Ich habe meine Großeltern nie gesehen, die nehmen meinem Vater heute noch übel, dass er konvertiert ist und keine Jüdin geheiratet hat. Ich bin dann der Einfachheit halber gleich auch katholisch getauft worden, aber meine Eltern machen sich nicht viel aus Religion."

„Lass das bloß nicht meinen Vater hören," Gerd wirkte nachdenklich. „Er hat was gegen Juden. Die machen unser Land kaputt, sagt er immer."

„So ein Unsinn," Paul wirkte genervt. „Mein Vater war, genau wie deiner auch, Soldat im Krieg, hat das Eiserne Kreuz zweiter Klasse für Tapferkeit vor dem Feind bekommen und war zeit seines Lebens kaisertreu. Wir sind Deutsche wie ihr auch. Ich kann den ganzen Unsinn einfach nicht mehr hören."

„Ach Paul, mir ist das doch alles völlig egal. Aber mein Vater hat da leider Vorurteile. War ja auch längere Zeit arbeitslos. Das waren harte Zeiten nach dem Krieg, mitunter hatten wir wochenlang nur ganz wenig zu essen."

„Wenn es dir egal ist, dann ist es ja gut. Gehört dein Vater auch zu diesen Irren, diesem Hitler?"

„Nein, aber ich weiß, dass er die gleiche Einstellung hat. Die Juden sind unser Unglück, sagt er immer. Davon lässt er sich nicht abbringen. Wenn ich ihm erzähle, dass dein Vater Jude ist, dann lässt er uns garantiert nicht mehr miteinander Fußball spielen. Das behalten wir mal besser für uns."

„Weißt Du, Gerd, mir ist das doch auch alles völlig egal. Ich bin froh, dass mein Vater mir die Freiheit lässt, mich selbst zu entscheiden, welchen Weg ich gehen möchte. Die einzige Bedingung ist nur, dass ich in der Schule einigermaßen mitkomme. Später werde ich mal eine Schneiderlehre machen, darauf besteht mein Vater, und in seinen Betrieb einsteigen. Es würde ihm das Herz brechen, wenn er keinen Nachfolger innerhalb der Familie hätte. Das darf ich ihm nicht antun. Mein Vater hat den Betrieb aus eigener Kraft aufgebaut, da hat ihm niemand geholfen. Wenn heute neun Mitarbeiter bei uns gutes Geld verdienen, dann ist das ein Verdienst meines Vaters, der Tag und Nacht geschuftet hat, damit meine Mutter und ich es mal gut haben."

„Ich weiß, aber meinem Vater gegenüber halten wir trotzdem besser dicht, einverstanden?"

Paul nickte, der Junge wirkte bedrückt.

„Ist schon in Ordnung, ich werde nichts sagen und meinen Vater warnen. Wie gesagt, eigentlich spielt die Religion bei uns ohnehin keine große Rolle. Mein Vater leidet heute noch darunter, dass seine Eltern den Kontakt zu ihm abgebrochen haben."

Das Jahr 1926 hatte durchwachsen begonnen, im letzten Spiel der Saison leistete sich die Eintracht erneut eine bittere Niederlage mit 6:3 gegen Union Niederrad. Dennoch blieb für alle Zuschauer der Eintracht, Paul und Gerd inbegriffen, die Verbesserung deutlich sichtbar. Platz vier in der Abschlusstabelle der Saison und eine deutliche Steigerung des Eintrachtsturms das Ergebnis der Bemühungen des englischen Trainers Parry in der Bezirksliga Main. Paul hatte seinem Vater abgerungen, dass er sich nach seinem dreizehnten Geburtstag bei der Eintracht anmelden durfte. Die Jugendarbeit der Eintracht zog Jungen aus allen Frankfurter Stadtteilen an. Obwohl mit dem FSV die sportlich erfolgreichere Mannschaft Platz 1 in der Abschlusstabelle belegte, zog es Paul und seine Freunde immer wieder sonntags zu den Spielen Eintracht ins Waldstadion. Gerd und Paul hatten sich am gleichen Tag in der Jugendabteilung der Eintracht angemeldet und waren schnell in die Jugendmannschaft integriert worden. Das jahrelange Spiel im Park hatte den beiden Jungen geholfen, sich in die Mannschaft einzubringen. Dennoch war das Training mit der Jugendmannschaft immer noch eine andere Sache, zum ersten Mal wurden Kondition und Ausdauer systematisch verbessert und aus dem wilden Gebolze im Park ein taktisch zielgerichtetes System eingeübt. An zwei Tagen in der Woche trainierten die beiden Jungen mit der Mannschaft, samstags oder sonntags wurde häufig gespielt. An den Tagen dazwischen blieben Gerd und Paul ihren Freunden im Park treu und bolzten fröhlich weiter. Heimlich träumten sowohl Gerd als auch Paul davon, eines Tages in der ersten Mannschaft vor Tausenden von Zuschauern spielen zu können. Bis dahin sollte es allerdings noch ein weiter Weg sein und zunächst einmal hieß es, Stammspieler in der ersten Jugendmannschaft ihrer Altersklasse zu werden. Kein leichtes Unterfangen, angesichts des Zustroms immer neuer Konkurrenten um die Plätze in der Mannschaft. In der Achtung der Freunde im Park waren sowohl Paul als auch Gerd durch die neuen Kontakte und Möglichkeiten weiter gestiegen, das regelmäßige Training machte sich bemerkbar und zudem waren die beiden Jungen zu einer guten Informationsquelle geworden, was die erste Seniorenmannschaft anging. Bis zum achtzehnten Lebensjahr waren noch fünf weitere Jahre in den verschiedenen Stufen der Jugendmannschaften zu absolvieren, für Paul und Gerd ein unüberschaubar langer Zeitraum, dehnte sich doch jedes einzelne Jahr bis zum nächsten Geburtstag schon unendlich lange. Alle zwei Jahre wurde die nächsthöhere Altersklasse der Jugendabteilung erreicht, so sah es das Reglement vor. Sich in jeder Altersstufe zu bewahren, sollte die Aufgabe der nächsten Jahre werden, ohne dabei die Schule gänzlich zu vernachlässigen. Das zumindest hatten beide Jungen ihren Vätern versprochen. Im September 1926 hatte die Saison für die erste Seniorenmannschaft gut begonnen, ein Unentschieden und drei Siege machten Hoffnung auf einen weiteren positiven Verlauf. Die Mannschaft hatte sich verstärken können, die Abgänge wurden durch die neuen Spieler mehr als kompensiert. Der schöne Spätsommer ließ auch Gerd und Paul an den trainingsfreien Tagen immer wieder in den Park streben, selten, dass ein solcher Bolztag, wie es die Jungen nannten, einmal wegen schlechten Wetters ausfallen musste.

„Paul, schau mal, wer da steht und uns zusieht," Gerd wirkte mehr als aufgeregt. Paul drehte sich um und mochte seinen Augen nicht trauen. Am Rande des Parks stand Walter Dietrich, der Schweizer Nationalspieler, der im Sommer 25 zur Eintracht gewechselt war. Innerhalb kürzester Zeit war Walter Dietrich zum großen Star der Eintracht avanciert und hatte nahezu im Alleingang mit seinen Toren viele Spiele entschieden. Der Spurt, den Paul hinlegte, konnte sich sehen lassen.

„Herr Dietrich, kann ich ein Autogramm bekommen?"

„Aber ja doch, ich habe dich schon mal in der Jugendmannschaft spielen sehen, wenn ich mich richtig erinnere." Paul bekam einen hochroten Kopf und hielt seinem Idol wortlos einen Zettel hin.

„Einen Stift habe ich leider auch nicht dabei, aber wenn du willst, kannst du mich morgen abholen und mir den Koffer tragen. Mein bisheriger Kofferträger ist weggezogen, vielleicht hast du ja Lust." Paul konnte sein Glück nicht fassen, der große

Walter Dietrich benötigte einen neuen Kofferträger und hatte ausgerechnet ihn ausgesucht.
„Ja", stammelte der Junge überglücklich, „ich muss noch meinen Vater fragen, aber ich glaube, er wird nichts dagegen haben."
„Na, dann sehen wir uns ja morgen, dann bekommst du auch dein Autogramm."
Gerd und die vier Freunde Pauls hatten den Dialog mit Spannung verfolgt, Paul sah Gerd an, dass er ihm das Glück etwas neidete, aber das würde sicher wieder vergehen. Dazu war die Freundschaft beiden Jungen viel zu wichtig. Walter Dietrich, ganz Frankfurt schwärmte von diesem begnadeten Stürmer, der erst vor einem Jahr aus der Schweiz in die Stadt am Main gekommen war.

An diesem Abend war Paul, gegen seine sonstige Gewohnheit, eine Viertelstunde früher zu Hause, als gewöhnlich. Else Wegener sah ihren Sohn mit Erstaunen an.
„Du bist doch sonst nicht so früh, ist etwas Besonderes los?"
„Ja Mutter, stell dir vor, ich habe im Park den Walter Dietrich getroffen. Der ist im Moment der Stürmer unserer Mannschaft. Schweizer Nationalspieler, ein toller Typ. Walter Dietrich hat mir angeboten, ich könnte sein Kofferträger werden. Dann bin ich ganz dicht dran an der ersten Mannschaft, kann alle Spiele sehen und bekomme richtig viel mit. Ist das nicht toll?"

Die Mutter blickte skeptisch. Immerhin hatte sich Paul bislang an sein Versprechen, in der Schule nicht schlechter zu werden, gehalten. Else Wegener wusste, wie schwer es ihrem Mann fallen würde, Paul etwas abzuschlagen. Auch sie hatte über die Frankfurter Zeitung vom prominenten Neuzugang der Eintracht gelesen und wusste, wie sehr der Junge an seiner Mannschaft hing. Das Fußballspiel hatte dazu beigetragen, dass Paul in seinem Freundeskreis gut integriert war, eine Tatsache, die auch Else Wegener zu schätzen wusste.
„Warte ab, was Vater dazu sagt, er wird bald da sein."

Am nächsten Tag stand Paul überglücklich und sehr pünktlich vor dem Haus, in dem Walter Dietrich wohnte. Das Training der ersten Mannschaft war für fünfzehn Uhr angesetzt und Paul hatte sich sputen müssen, vorher rechtzeitig mit den Hausaufgaben fertig zu werden. Das war die Bedingung des Vaters gewesen und Paul wusste, dass er sich daran halten musste, wollte er das Privileg nicht wieder verlieren. Wenige Minuten später kam Walter Dietrich aus dem Haus und freute sich sichtlich, den Jungen zu sehen.
„Erlaubnis erhalten, sehe ich. Hier, dein Autogramm, wie versprochen."
Walter Dietrich hatte tatsächlich ein Mannschaftsfoto signiert und Paul zusammen mit dem Koffer übergeben.

„Wir müssen los, seit Parry weg ist, müssen Egly und ich als Spielertrainer die Mannschaft trainieren. Ich hoffe, dass wir bald wieder einen neuen Trainer bekommen."

„Sag mal, warum ist der Parry eigentlich weg gegangen? Der war doch eigentlich ein ganz guter Trainer."

„So ganz einfach war das nicht. Es gab wohl mehrere Gründe. Einer davon war, dass Parry wie in England ein Training einführen wollte, das nur Berufsspieler leisten können. Das konnten bei uns in der Mannschaft einige, die arbeiten gehen müssen, einfach nicht leisten. Ich habe das Glück, dass ich beim Schlappeschneider angestellt bin, der Walter Neumann sieht das mit der Anwesenheit im Betrieb nicht ganz so eng. So war ich einer von denen, die immer trainieren konnten, wann Parry wollte. Das Glück hatte nicht jeder in der Mannschaft. Aber wenn wir wirklich weiter kommen wollen, dann müssen wir mehr trainieren, da führt kein Weg daran vorbei."

„Verstehe", Paul wirkte nachdenklich. „Mein Vater sagt auch immer, vom Fußball kannst du nicht leben, also sieh zu, dass du einen Beruf erlernst, der später mal deine Familie auch ernähren kann."

„Da hat dein Vater vollkommen recht. Weißt du schon, was du mal machen möchtest?"

„Mein Vater hat ein Modegeschäft in der Berger Straße und eine eigene Schneiderei. Er entwirft eine eigene Modekollektion

und ich soll Schneider werden und den Betrieb später mal übernehmen."
„Das sind nicht die schlechtesten Voraussetzungen. Und dein Vater hat erlaubt, bei uns zu spielen?"
„Ja, ich habe ihm versprochen, dass ich mir in der Schule Mühe gebe und die Klassenziele erreiche. Solange das einigermaßen gut geht, wird mein Vater nichts gegen den Sport sagen. Er hat mir sogar die Pille aus London mitgebracht und war tatsächlich einmal mit mir im Stadion."
„Verstehe, wir sind gleich da. Magst du beim Training noch ein wenig zuschauen?"
Paul nickte, „ich kann noch eine Stunde bleiben, dann muss ich aber nach Hause. Das hatte ich der Mutter versprochen."

Die Saison 1926/27 hatte für die Eintracht gut begonnen, nach dem dritten Spieltag pendelte die Mannschaft zwischen Platz zwei und drei im Saisonverlauf der Bezirksliga Main, nicht zuletzt aufgrund der stark verbesserten Leistungen im Sturm, der im Durchschnitt der ersten fünf Spiele jeweils zwei Tore geschossen hatte. Lediglich gegen den VFL Neu-Isenburg stand ein Unentschieden zu Buche, die anderen vier Spiele wurden gewonnen. Auch am sechsten Spieltag gelang der Mannschaft ein Auswärtssieg gegen Victoria 94 Hanau, ehe am siebten Spieltag das Derby gegen den Konkurrenten FSV anstand. In diesem, für Frankfurt so bedeutsamen Derby, verletzte sich

Walter Dietrich und das Spiel wurde mit 3:2 verloren, obwohl die Mannschaft lange Zeit überlegen spielte. Der Platz glich nach den vorangegangenen Regenfällen einer Schlammwüste und war kaum bespielbar.

Paul hatte sich als Kofferträger Walter Dietrichs eingewöhnt und versorgte die Kameraden im Park mit immer aktuellen Informationen rings um die Mannschaft. Der Winter 26/27 hatte Schnee mit sich gebracht, was das Training in der Jugendmannschaft nicht einfacher machen sollte. Gerd und Paul hatten sich einen Stammplatz in der Jugendmannschaft erkämpft und waren vom Verletzungspech weitgehend verschont geblieben. Gerd spielte überwiegend als Abwehrspieler, was seiner robusten Natur durchaus entsprach, Paul wurde fast ausschließlich als linker Läufer eingesetzt, eine Position, die seiner Schnelligkeit und Wendigkeit entgegen kam. Gerds Vater, Werner Anhäuser war in die NSDAP eingetreten, was Gerds Freundschaft mit Paul nicht einfacher machte. Als Anfang Februar 1927 Red-Star-Olympique Paris in einem viel beachteten Freundschaftsspiel zu Gast bei Eintracht Frankfurt war, wurde die Position Gerds seinem Vater gegenüber, dem die ganze internationale Ausrichtung der Eintracht nicht passte, immer schwieriger. Werner Anhäuser sah in der Einladung der Eintracht an die französische Mannschaft einen Verrat an Deutschland und drohte seinem Sohn, das Fußballspiel gänzlich zu verbieten. Zudem hatte Werner Anhäuser mitgekommen, dass die Eintracht in ganz Frankfurt als Judenverein galt. Im Volksmund wurden die Eintrachtfußballer als Schlappekicker bezeichnet. Der Verein profitierte von der enormen materiellen Unterstützung seiner jüdischen Sponsoren, vor allem in der Person Walter Neumanns, der zusammen mit seinen jüdischen Cousins die größte Hausschuhfabrik Deutschlands leitete. Fast alle Spieler der ersten Mannschaft waren JCASianer, offiziell im Unternehmen angestellt und mit einigem Freiraum bei der Gestaltung der Trainingszeiten. Immerhin hatte die Eintracht das Spiel gegen die französische Mannschaft gewonnen, was Werner Anhäuser ein wenig besänftigte. Dennoch stand die Zusage an Gerd, dass dieser vorerst weiter in der Jugendmannschaft spielen dürfte, auf recht wackeligen Füßen, ein Umstand, der Gerd und Paul eher noch zusammenschweißte. Das Glück der beiden Jungen war, dass Werner Anhäuser sich weder sonderlich für Fußball interessierte, noch viel Zeit hatte, sich um Gerd und seinen Sport zu kümmern. Werner Anhäuser hatte in der Partei den Posten des Ortskassierers übernommen und widmete den größten Teil seiner ohnehin kargen Freizeit der NSDAP, was Gerd einigen Freiraum verschaffte. Günter Wegener sah die politischen Umtriebe seines Mieters mit ausgesprochenem Unbehagen, hatte Paul aber versprochen, nichts zu sagen, um die Freundschaft nicht zu stören. Für Günter Wegener waren die Nationalsozialisten eine Bande krimineller Asozialer, die man nicht allzu ernst nehmen sollte, diese Partei würde, glaubte Pauls Vater, früher oder später wieder zerfallen.

Tatsächlich hatten sich die wirtschaftlichen Verhältnisse verbessert, die hohe Arbeitslosigkeit der ersten Nachkriegsjahre war weitgehend abgebaut und die Weimarer Republik begann sich zu stabilisieren. Auch in Frankfurt war diese Entwicklung spürbar geworden, der Einzelhandel wie das produzierende Gewerbe befanden sich im Aufschwung und Günter Wegener konnte die Schneiderei und die Produktion eigener Modeartikel ausbauen. Er hatte sich damit abgefunden, dass Paul in der Schule nicht über das Mittelmaß hinaus kommen würde, immerhin integrierte der Fußballsport den Jungen gut in den Verein und die Mannschaft. Die gemeinsamen Fahrten zu anderen Vereinen und Freundschaftsspielen bedeuteten Paul viel und sein Vater unterstützte ihn nach Kräften. Ohne das Wissen Werner Anhäusers finanzierte Günter Wegener mehr als eine gemeinsame Fahrt für Paul und Gerd.

Der Jahreswechsel 1927/28 gestaltete sich für die Eintracht ausgesprochen hoffnungsvoll. Seit dem zweiten Spieltag der Saison 27/28 war die Mannschaft kontiniuerlich auf Platz 1 der Bezirksliga Main/Hessen Gruppe Main zu finden und damit automatisch für die Süddeutsche Meisterschaft qualifiziert. Die

Heimspiele gegen Hanau und Offenbach hatte die Eintracht überlegen im Dezember mit jeweils 6:0 Toren entschieden und Paul freute sich riesig auf die Spiele gegen die Bayern, den Karlsruher FV, Waldhof oder Fürth. Von Walter Dietrich wusste Paul, dass die Ziele hochgesteckt waren. Die süddeutsche Meisterschaft sollte mit Platz 1 oder 2 abgeschlossen werden, das ganz große Ziel der Saison war die Deutsche Meisterschaft.

Weimarer Jahre

Die auf die Saison 27/28 folgenden beiden Jahre brachten für Paul einen ausgefüllten Terminkalender, der kaum Zeit zum Luftholen ließ. Mit dem Übergang zur A-Jugend war die Trainingsintensität erhöht worden und ein dritter Trainingstag hinzu gekommen. Die Bolzzeiten im Park wurden deutlich eingeschränkt, denn nach wie vor musste Paul viel für die Schule tun, um einigermaßen mithalten zu können. Gerd hatte mittlerweile die Schule abgeschlossen und bei den Adlerwerken eine Lehre als Maschinenschlosser begonnen. Die für ihn ungewohnte berufliche Belastung führte dazu, dass er häufig dem Training fernbleiben musste, was die Leistungen auf dem Platz nicht verbesserte. Die gemeinsamen Wanderungen zur Sahara, so nannten die Jungen den Übungsplatz, auf dem die Jugendmannschaften trainierten, waren seltener geworden und die Mannschaft bemühte sich, wenn auch bislang vergeblich, um zeitlich verschobene Trainingszeiten.

„Gerd, was ist los?“ Das umwölkte Gesicht des jungen Mannes schien so gar nicht zur heraufbrechenden Frühlingssonne und den ersten schönen Tagen dieses März 1929 zu passen.

„Ach, gar nichts.“

„Das glaube ich dir ehrlich gesagt nicht, du machst ja ein Gesicht wie drei Tage Regenwetter. Dabei haben wir das erste

Mal in diesem Jahr ideale Spielbedingungen und du hast endlich mal wieder Zeit."

„Es ist nur... ach nichts."

„Nun rück schon raus mit der Sprache, es bleibt, wenn du möchtest unter uns." Paul sah Gerd an, dass es sich um etwas Ernstes handeln musste, und versuchte dem Freund eine Brücke zu bauen.

„Sie haben meinen Vater verhaftet. Gestern abend war er mit seinem Trupp aus der SA in eine Saalschlacht mit den Kommunisten verwickelt und im Anschluss wurde Vater von Polizisten verhaftet und in Untersuchungshaft gebracht. Mutter hat heute schon gesagt, dass wir, wenn die Haft länger dauert, uns die Wohnung nicht mehr leisten können und ausziehen müssen."

„Nun warte doch erst mal ab", Paul versuchte den Freund zu beruhigen. „Erstens weißt du ja noch gar nicht, wie lange die Untersuchungshaft dauern wird und zweitens kann ich dann immer noch mit meinem Vater reden. Das ist doch klar. Ich lasse dich doch nicht hängen, auch wenn mir die politische Richtung deines Vaters und dieser Hass auf Juden in keiner Weise passt. Die Kommunisten kann ich genau so wenig leiden, am besten wäre, man würde die beiden Parteien verbieten."

„Ach Paul, du und dein Vater, ihr seid doch gar nicht gemeint."

„Na, dann verstehe ich aber nicht, warum du meine Herkunft und die meines Vaters deinem Vater verschweigen musst. Wir sind Deutsche, wie ihr auch, mein Vater hat genau so im Krieg gekämpft und wir zahlen unsere Steuern, wie alle anderen auch. Warum ausgerechnet die Juden an Deutschlands Unglück schuld sein sollen, habe ich noch nie verstanden. Zumal mein Vater schon vor der Heirat zum katholischen Glauben konvertiert ist und Religion bei uns noch nie eine Rolle spielte."

„Ach Paul, ich weiß doch. Wie lange kennen wir uns jetzt schon? Ich verstehe meinen Vater auch manchmal nicht, aber er versucht, uns eine gute Zukunft zu ermöglichen. Auch wenn seine Ansichten manchmal komisch sind. Wir hatten halt schon harte Zeiten erlebt, ein Zuckerschlecken war die Arbeitslosigkeit nach dem Krieg nicht."

„Na ja, vielleicht kommt dein Vater noch mal zur Vernunft. Jetzt würde ich erst mal abwarten, mit etwas Glück dauert die Haft ja nicht so lange und das Problem löst sich von selbst auf. Und wenn nicht, bin ich ja auch noch da."

Mittlerweile waren die beiden Jungen am Riederwald angekommen. Der Jugendtrainer sah die beiden tadelnd an.

„Habt ihr mal auf die Uhr geschaut? Benötigen die beiden Herrschaften vielleicht eine gesonderte Einladung zum Training?"

„Entschuldigung", Gerd blickte den Trainer an. „Ich hatte nicht früher frei bekommen und Paul war so nett, auf mich zu

warten. Der Meister ist kein Fußballfan und hat wenig Verständnis dafür, wenn ich mal pünktlich weg möchte."
„Zieht euch um und los geht's. Wir haben Samstag ein wichtiges Spiel und brauchen die zwei Punkte. Sonst kommen wir am Ende noch in die Abstiegszone und da wollten wir ja nicht mehr hin. Also auf, Tempo bitte."
Nach dem Ende der zweieinhalb Stunden Training waren die beiden Jungen, wie der Rest der Mannschaft, geschafft. Gerd und Paul hatten zur Strafe für die Verspätung noch vier zusätzliche Temporunden um den Platz aufgebrummt bekommen, die vom Trainer nach Trainingsende persönlich überwacht worden waren. Der Trainer, der die Mannschaft erst seit einem Jahr trainierte, war als harter Hund bekannt, aber die konditionelle Verfassung der Mannschaft war gegenüber der vergangenen Saison deutlich verbessert. Und bis zum Spiel waren es ja noch zwei Erholungstage, das sollte dann schon reichen.

Der Saisonverlauf war für die erste Mannschaft nicht ganz so erfolgreich, wie die Saison zuvor. Zwar war die Bezirksliga Main-Hessen, Gruppe Main, erneut mit Platz 1 überlegen abgeschlossen worden, aber nach dem Auftaktsieg der Mannschaft in der süddeutschen Meisterschaft war nach deftigen Niederlagen gegen den 1. FC Nürnberg und FC Bayern München bereits im März an eine Wiederholung des Erfolgs des Vorjahres und die Teilnahme an der Endrunde zur Deutschen Meisterschaft nicht mehr zu denken. Ein neuer Trainer hatte das Kommando am Riederwald übernommen, Paul Oßwald, und einige Umstellungen in der ersten Mannschaft vorgenommen. Noch konnten die Früchte dieser Arbeit in der süddeutschen Meisterschaft nicht eingefahren werden, das änderte sich erst im Verlauf des Jahres 1929, als sich die Mannschaft stabilisierte und in den restlichen Spielen, ohne Aussicht auf die Teilnahme an der Endrunde, zu überzeugen wusste. Immerhin konnte die süddeutsche Meisterschaft nach dem verpatzten Start noch mit Platz vier abgeschlossen werden.

Im Frühjahr 1929 konnte Günter Wegener zwei weitere Schneiderinnen für sein Modeatelier einstellen, so stark war der Kundenkreis in den letzten beiden Jahren gewachsen. Trotz der glänzenden wirtschaftlichen Situation war Pauls Vater bedrückt. Die Präsenz der SA-Truppen hatte zugenommen und die politischen Auseinandersetzungen wurden zunehmend auch in Sälen und Straßen mit Gewalt ausgetragen. Dabei war es in mehr als einem Fall zu antisemitischen Übergriffen gekommen, an denen sich vermutlich auch sein Mieter beteiligt hatte, der bereits wenige Tage nach der Untersuchungshaft wieder entlassen worden war. Paul zuliebe hatte Günter Wegener versprochen, sich gegenüber Werner Anhäuser bedeckt zu

halten, was ihm angesichts der ständig zur Schau getragenen braunen Uniform seines Mieters keinesfalls leicht fiel.
Der schöne Sommer entschädigte Paul und Gerd, wozu nicht zuletzt auch das klare 5:0 der ersten Mannschaft im Freundschaftsspiel gegen Olympique Marseille entscheidend beitrug. Auch wenn die Presse dem französischen Meister keine allzu große Motivation in diesem Spiel unterstellen mochte, so waren doch beide Jugendliche vom Spiel ihrer Mannschaft ausgesprochen angetan. Es war ein Genuss gewesen, den Spielkünsten eines Dietrich, Kellerhoff, Schaller oder Mantel zuzusehen und die Motivation der beiden, im Herbst wieder ins Training der Jugendmannschaft einzusteigen nochmals deutlich gewachsen. Klammheimlich träumten beide davon, eines Tages wie ihre großen Vorbilder vor Tausenden von Zuschauern ihre Künste zeigen zu dürfen. Beiden hatte das verstärkte Konditionstraining der vergangenen Saison gut getan und Walter Dietrich, der hin und wieder bei Training der Jugendmannschaft zugesehen hatte, bescheinigte Paul den Fortschritt, den dieser in den vergangenen Jahren gemacht hatte.
„Bleib am Ball“, hatte Walter Dietrich dem Jungen gesagt. „Du hast Talent, bist schnell und konditionsstark, aus dir kann mal richtig was werden.“
Paul war unwillkürlich rot geworden und ärgerte sich darüber, dass er seine Freude derart sichtbar gezeigt hatte. In den

vergangenen Jahren war Walter Dietrich für den Jugendlichen zum Spiritus Rector geworden, Vorbild und Motivator gleichermaßen.

Die Saison 1929/1930, die im August gestartet war,, begann für die Eintracht mit gemischten Ergebnissen, zwei Unentschieden zu Beginn der Saison standen vier Siegen gegenüber, bis die erste Mannschaft Platz 1 der Bezirksliga erreicht hatte, der dann auch bis zum Ende der Saison im Dezember nicht mehr abgegeben wurde. Auch der FSV wurde zwei Mal geschlagen, lediglich Union Niederrad gelang im letzten Spiel ein 3:2 Sieg gegen die Eintracht, der allerdings ohne Bedeutung für das Abschneiden der ersten Mannschaft in der Bezirksliga blieb. Nun wartete die Süddeutsche Meisterschaft auf die Mannschaft und Gegner, wie Bayern München, SpVgg Fürth, Freiburger FC oder der SV Waldhof wurden am Riederwald empfangen. Das große Ziel der Mannschaft, sich endlich über die Süddeutsche Meisterschaft für die Endrunde der Deutschen Meisterschaft zu qualifizieren, rückte am sechsten Spieltag mit dem 1:3 Auswärtssieg der Mannschaft über den SV Waldhof in greifbare Nähe, Platz 1 der Süddeutschen Meisterschaft war erreicht und sollte bis zum Ende der Saison Ende April 1930 nicht mehr abgegeben werden. Am letzten Spieltag der Süddeutschen Meisterschaft trat der FC Bayern München erneut am Riederwald an. Auch wenn der Eintracht die Qualifikation zur

Deutschen Meisterschaft nicht mehr genommen werden konnte, zu groß der Vorsprung aufgrund der tollen vorausgegangenen Runde, so war doch das symbolträchtige Aufeinandertreffen für beide Mannschaften eine ganz besondere Herausforderung. Der FC Bayern musste unbedingt gewinnen, um eine Chance auf den zweiten Qualifikationsplatz zur Deutschen Meisterschaft zu erhalten, Auf der anderen Seite hatte kein Frankfurter die demütigende 1:5 Schlappe der Mannschaft im Auswärtsspiel in München vergessen. In einem Aufsehen erregenden Spiel vor 25000 Zuschauern, voller Kampf und Technik, gelang der Mannschaft, woran sie in den fünf Jahren zuvor gescheitert war, Platz 1 der Süddeutschen Meisterschaft war mit dem 3:2 Heimsieg über die lange Jahre dominanten Bayern erreicht. Ganz Frankfurt lag im Siegestaumel, Süddeutscher Meister. Die Endrunde um die Deutsche Meisterschaft konnte kommen. Und die Bayern? Durch die Niederlage auf Platz 3 hinter der SpVgg Fürth abgeschlagen, eine bittere Niederlage, die vor allem dem Selbstverständnis der Münchener einen Schlag versetzte.

Unterdessen waren die Sorgen Günter Wegeners nicht geringer geworden. Während Paul, bedingt durch die fulminanten Erfolge seiner Idole auf eine Wolke des Glücks schwebte, sah Günter Wegener, dass sich die Wolken am Horizont zusammenballten. Der schwarze Donnerstag an der Wall Street im Oktober 1929 begann seine Spuren Anfang 1930 auch in Frankfurt zu hinterlassen, die Arbeitslosigkeit war angestiegen und Günter Wegener ahnte, dass die glanzvollen Jahre der Weimarer Republik zu Ende gehen könnten. Die Industrieproduktion war rückläufig und Günter Wegener begann die Zukunft zu fürchten. Seiner Familie gegenüber versuchte er den Anschein der Normalität und Gelassenheit zu bewahren, es machte keinen Sinn, Frau und Sohn zusätzlich zu beunruhigen, aber innerhalb des Betriebes stellte sich Pauls Vater auf schlechtere Zeiten ein. Die beiden im Frühjahr eingestellten Schneiderinnen wurden wieder entlassen und die Belegschaft auf schwierigere Zeiten vorbereitet. Noch war der Rückgang nicht allzu spürbar, aber Günter Wegener wusste aus Erfahrung, dass diese Anzeichen den Beginn einer tiefen Krise markieren konnten, die auch auf seine wirtschaftliche Situation Einfluss nehmen würde. Sich rechtzeitig auf die Situation einzustellen, war für Günter Wegener das Gebot der Stunde. Paul hatte unterdessen die Schule mit einem mittelmäßigen Zeugnis abgeschlossen und wie versprochen, in einem, dem Atelier Günter Wegeners verbundenen, Betrieb eine Schneiderlehre begonnen. Die Reichstagswahlen im September 1930 brachten eine fulminanten Aufstieg des Ergebnisses der NSDAP mit sich, auch die KPD konnte zulegen, während der Anteil der bürgerlichen Parteien mit dem Anschwellen der Wirtschaftskrise rückläufig war. Die Bildung einer stabilen demokratischen Mehrheit war unwahrscheinlich geworden, das Parlament steckte in einer tiefen Dauerkrise.

Die wachsenden wirtschaftlichen Probleme machten sich ab 1930 in Form sinkender Zuschauerzahlen auch bei der Eintracht bemerkbar. Selbst zum brisanten Derby mit dem FSV kamen in der Saison 1930/31 weit weniger Zuschauer, als erwartet. Paul, der mittlerweile in der obersten Altersklasse der Jugend spielte und in einem Jahr zu den Senioren wechseln würde, war durch die Lehre oftmals am Training mit seiner Mannschaft gehindert. „Du kannst nicht vom Fußball leben“, hatte der Vater gesagt und Paul sah ein, dass in diesem Satz ein gutes Stück Wahrheit enthalten war. Obwohl die Diskussion schon seit Jahren schwelte, konnte sich der Deutsche Fußballbund immer noch nicht dazu durchringen, in den oberen Ligen den Amateurstatus zugunsten einer Professionalisierung des Sports aufzugeben. Es war ein offenes Geheimnis, dass gute Spieler nur durch den Einsatz Walter Neumanns und entsprechend dotierte Stellungen beim Schlappeschneider an den Main geholt werden konnten, offiziell mussten jedoch alle Spieler einem bürgerlichen Beruf nachgehen. Aber auch das Engagement der Firma Walter Neumanns und seiner Cousins konnte nicht alle durch die Wirtschaftskrise verursachten Verluste auffangen. Paul steckte in einer Zwickmühle, einerseits sah er die Notwendigkeit, sich eine wirtschaftlich tragfähige Zukunft zu schaffen, andererseits begann sein Traum, eines Tages in der ersten Mannschaft spielen zu können, bedingt durch den Trainingsrückstand in immer weitere Ferne zu rücken. Er hatte dem Vater versprochen, seine Lehre zu beenden und danach in den elterlichen Betrieb einzusteigen, seine Prioritäten waren klar gesetzt. Mit Beginn der Lehre wurde auch der Kontakt zu Walter Dietrich geringer, die Zeiten als Kofferträger waren nun ebenfalls vorbei.

Auch Gerd musste, wie Paul, in der Mannschaft zurückstecken. Er hatte die Lehre beendet und war bei den Adlerwerken als Maschinenschlosser eingestellt worden. Dabei ging es beiden Jugendlichen im Vergleich zu einigen Mannschaftskollegen, die arbeitslos geworden waren, noch vergleichsweise gut und die beiden jungen Männer konnten sich den einen oder anderen Ausflug ins sonntägliche Tanzvergnügen leisten. Gerd hatte ein Mädchen, Marie, kennengelernt, die bei den Adlerwerken im Büro beschäftigt war. Marie hatte ihm das Tanzen beigebracht. Paul, dem dieses Vergnügen weniger lag, war aus Freundschaft zu Gerd das eine oder andere Mal mitgegangen, fand aber keine Freude am Tanzen. Marie und Gerd hatten mehrfach versucht, Paul mit anderen Mädchen bekannt zu machen, ohne allerdings einen Erfolg zu erzielen. Im Umgang mit Mädchen war Paul, der ansonsten im Kreise seiner Sportkameraden unterhaltsam sein konnte, schüchtern und so hatten es beide nach einer Weile bleiben lassen, Paul mitzunehmen.

Die Eintracht hatte die Bezirksliga Main-Hessen in der Saison 1930/31 ab dem dritten Spieltag souverän angeführt und sich anschließend mit dem zweiten Platz in der Süddeutschen Meisterschaft erneut für die Spiele um die Deutsche Meisterschaft qualifiziert. Im Viertelfinale gelang der Eintracht ein mühsamer 2:3 Sieg gegen Fortuna Düsseldorf und Paul und Gerd hatten beschlossen, ihre Mannschaft drei Tage später zum Viertelfinale in Hamburg zu begleiten. Paul hatte Gerd die Zugfahrt in der Bahn in der dritten Klasse, der Holzklasse spendiert. Zusammen mit drei weiteren Spielern der Jugendmannschaft und einigen hundert treuen Fans bildeten die Frankfurter den kleinen Zuschauerblock im Altonaer Stadion. Das kräftezehrende Spiel in Düsseldorf steckte der Mannschaft noch sichtlich in den Knochen und so sahen die Frankfurter Zuschauer ein wenig erbauliches Spiel, das zudem vom Schiedsrichter regelrecht zerpfiffen worden war. Das Spiel wurde mit 2:0 verloren und die beiden jungen Männer machten sich bedrückt auf den Heimweg.
„Sag mal Paul", Gerd sah seinem Freund die schlechte Stimmung ins Gesicht geschrieben an. „Hättest du nicht Lust, am nächsten Sonntag mit Marie und mir wieder zum Tanzen

zu gehen. Marie hat eine ganz süße Freundin, die könnte sie mitbringen."

Paul musste lächeln, war doch der Versuch, ihn aufzuheitern, allzu offensichtlich.

„Vielleicht, bis jetzt habe ich noch keine andere Verabredung. Aber du weißt ja, ich bin kein großer Tänzer und werde vermutlich auch nie einer werden, egal wie süß das Mädel ist."

„Na, dann ist das ja geklärt, ich hole dich am Sonntag um acht Uhr abends ab."

„Sag mal Gerd, darf ich dich mal was ganz anderes fragen?"

Gerd sah den Freund verwundert an.

„Klar doch, hatten wir jemals schon Geheimnisse voreinander? Was hast du auf dem Herzen?"

„Bist du mittlerweile auch bei den Nationalsozialisten?"

„Wie kommst du denn ausgerechnet da drauf?"

„Na ja, dein Vater läuft den ganzen Tag mit der braunen Uniform rum und ich kann mir nicht vorstellen, dass ihr zu Hause nicht auch über Politik redet. Bei mir in der Familie gehört das jedenfalls dazu und mein Vater macht aus seiner Einstellung kein Geheimnis."

„Ach Paul, natürlich schimpft mein Vater oft genug auf die Politiker und die Juden, daran habe ich mich schon längst gewöhnt und höre gar nicht mehr hin. Mein Vater glaubt halt, dass Hitler das Beste ist, was Deutschland passieren kann."

„Und du, glaubst du das auch?"

„Ehrlich gesagt hat mich bislang keine Partei überzeugt, auch der Hitler nicht. Aber ich sehe, dass sich in Deutschland einiges ändern muss, wenn es den Menschen wieder besser gehen soll. Bei uns in den Adlerwerken spüren wir das sehr deutlich. Die Zeiten sind härter geworden. Und wer weiß, wie viele von uns noch entlassen werden. Das Geschrei mit den Juden würde ich nicht so ernst nehmen. Hunde, die bellen, beißen nicht."

„Ich bin mir da nicht so sicher. Letzte Woche haben drei SA-Männer auf der Zeil einen älteren Juden halbtot geschlagen. Und keiner der Umstehenden hat dem Mann geholfen. Mein Vater ist zu spät gekommen, er hat dann den alten Mann nach Hause gebracht und sich die Geschichte erzählen lassen. Der alte Mann wollte noch nicht mal zur Polizei, die würden bestenfalls seine Anzeige aufnehmen und anschließend im Papierkorb verschwinden lassen, hat er gesagt. Wir sind wieder rechtlos geworden, hat er gesagt. Mein Vater konnte ihn nicht vom Gegenteil überzeugen."

„Ihr seid doch katholisch, euch wird schon nichts passieren. Und dein Vater war im Krieg an der Front. Da hat sogar mein Vater, obwohl er bei den Nazis ist, Respekt vor."

„Aber dein Vater weiß auch nicht, dass meine Großeltern väterlicherseits Juden waren."

„Das stimmt, aber mach dir nicht so viele Sorgen. Diese Schlägereien, das sind ein paar Einzelfälle, die große Masse der

Deutschen will doch nur in Ruhe arbeiten gehen und ein Auskommen haben. Politik interessiert doch die wenigsten und die Alltagssorgen sind viel wichtiger, als das Geschrei. Das legt sich wieder, wenn es in Deutschland wieder besser geht."

„Mein Vater sagt inzwischen, dass wir darüber nachdenken müssen, aus Deutschland wegzugehen. Aber Mutter will absolut nicht und auch ich habe keine Lust, Frankfurt, die Mannschaft und meine Freunde zu verlassen. Außerdem wäre es im Moment sicher nicht einfach, die Firma zu verlagern und das Haus für einen anständigen Preis zu verkaufen."

„Ach Paul, mach dir doch nicht so viele trübe Gedanken. Wir gehen Sonntag tanzen, die Katharina ist wirklich süß und richtig hübsch. Die wird dir gefallen. Mensch Paul, wir sind jung und wir leben nur einmal. Also lass uns das Leben genießen."

Ab der Saison 1931/32 wechselten Paul und Gerd altersbedingt aus der Jugendmannschaft zu den Senioren. Beide waren gewogen und für die erste Mannschaft für zu leicht befunden worden, was weder Paul noch Gerd sonderlich wunderte, hatten doch beide in den letzten Jahren ihren Schwerpunkt auf Ausbildung und Beruf gesetzt. Für Paul, der jahrelang heimlich davon geträumt hatte, eines Tages als Stürmer für die Erste vor Tausenden von Zuschauern zu spielen, eine schwierige Entscheidung, aber die Vernunftargumente des Vaters waren einfach stärker gewesen. „Vom Fußball kann man nicht leben“ hatte Günter Wegener immer wieder gesagt und Paul sah, dass die Lebensklugheit des Vaters ihre Berechtigung hatte. Die Weltwirtschaftskrise hatte Deutschland in den Griff genommen und die Arbeitslosigkeit war bereits im Januar 31 auf über vier Millionen Menschen angestiegen. Auch in der zweiten Mannschaft, in der Paul und Gerd nun spielten, waren die ersten Mannschaftskameraden arbeitslos geworden. Ende 1931 wurden die Mitgliedsbeiträge der Eintracht stark gesenkt, um Mitglieder im Verein zu halten und die Verantwortlichen bemühten sich, arbeitslos gewordenen Mitgliedern wieder in eine der wenigen freien Stellen, die noch angeboten wurden, zu vermitteln. Die wenigen erfolgreichen Vermittlungen waren insgesamt doch nur ein Tropfen Wasser auf einen heißen Stein. Auch Günter Wegener sah sich gezwungen, die Belegschaft bis auf einen harten Kern von fünf Mitarbeitern zu verringern und Paul war froh, auf den Rat seines Vaters gehört zu haben. Auch Werner Anhäuser war von den Entlassungen bei den Adlerwerken betroffen und der Zeitpunkt absehbar, an dem die Miete für die Wohnung in der Lindenstraße nicht mehr aufzubringen war. Paul hatte, ohne dass Gerd davon wusste, mit seinem Vater vereinbart, dass er auf einen Teil des ihm zustehenden Lohnes verzichten würde, wenn der Vater die Miete der Familie Anhäuser temporär reduzierte, zugunsten einer Erhöhungsvereinbarung nach Wiederaufnahme der

Erwerbstätigkeit. Gerd ahnte zwar, dass Paul hinter dieser Vereinbarung steckte, aber Paul leugnete jegliche Einflussnahme und behauptete dem Kameraden gegenüber, dass sein Vater von selbst auf diese Idee gekommen sei. Vom heimlichen Lohnverzicht Pauls sollte Gerd auf keinen Fall wissen.
Der Spielertrainer der zweiten Mannschaft, Klaus Heise, war gezwungen für jede Anreise zu Auswärtsspielen, die mehr als fünfzig Kilometer entfernt stattfinden sollten, einen Vorstandsbeschluss zur Finanzierung einzuholen. Die Vereinskasse war knapp geworden und der Rückgang der Zuschauerzahlen am Riederwald hatte zudem seine Spuren hinterlassen. Klaus Heise war fünf Jahre älter als Paul und Gerd und spielte seit seiner Jugend bei der Eintracht. Seine Position als Spielertrainer war innerhalb der Mannschaft unangefochten und Klaus Heise hatte durchgesetzt, dass jegliche politische Äußerung innerhalb der Mannschaft, egal ob von links oder rechts, zu unterbleiben habe. „Wir spielen alle in der gleichen Mannschaft“ lautete sein Credo, „mir ist es egal, welche Einstellung einer hat, auf dem Platz hat er für die gesamte Mannschaft zu kämpfen oder er geht.“ Die überwiegend aus jüngeren Spielern bestehende Mannschaft hatte Klaus Heise und seine Führungsrolle ohne Murren akzeptiert, nicht zuletzt, weil auch sie von seiner Erfahrung und Routine auf dem Platz profitieren konnten.

Die Saison 1932/33 wurde zum Jahr der Eintracht. Sowohl der FSV, als auch die Eintracht hatten sich als Erster und Zweiter der Süddeutschen Meisterschaft für die Teilnahme an der Endrunde der Deutschen Meisterschaft qualifiziert. Im ersten Spiel der Endrunde hatte die Mannschaft den Hamburger SV überzeugend in Hamburg mit 1:4 vom Platz gefegt, im Viertelfinale unterlag Hindenburg-Allenstein in Frankfurt gar mit 12:2, bevor die Eintracht im Halbfinale in Düsseldorf von der Fortuna mit 4:0 besiegt wurde.

1933

Der 30. Januar 1933 hatte Werner Anhäuser verwandelt. „Jetzt wird aufgeräumt“ hatte er Günter Wegener noch zugerufen und war in seiner braunen Uniform auf die Straße gelaufen. Die neue Reichsregierung unter Reichskanzler Adolf Hitler war durch Reichspräsident Hindenburg vereidigt worden und Werner Anhäuser mit einem Schlag sichtbar um mehrere Zentimeter gewachsen.

Die Reichstagswahlen am 5.3.1933 hatten in Frankfurt der NSDAP 44,1% der Stimmen eingebracht, die eine Woche später stattfindenden Kommunalwahlen endeten mit 47,4% der Stimmen für die NSDAP. Am 13.3.1933 wurde die Hakenkreuzfahne am Frankfurter Römer gehisst und Gauleiter Jakob Sprenger erklärte vom Balkon des Römers den Beginn des 3. Reiches in Frankfurt. Günter Wegener sah seine geliebte Stadt nahezu über Nacht in ein Meer rot-weißer Hakenkreuzfahnen getaucht.

Die Frankfurter schienen wie verwandelt, Menschen, die gestern noch aus ihrer Distanz zu den Braunhemden keinen Hehl gemacht hatten, hoben plötzlich den rechten Arm zum deutschen Gruß und stimmten in das Gegröle der beseelten Masse ein.

Die Höchster Kaserne war durch die braunen Truppen in ein Konzentrationslager verwandelt worden und Werner Anhäuser und seine SA Kumpane sorgten dafür, dass die Kaserne sich rasch mit Sozialdemokraten, Kommunisten und anderen Regimegegnern füllte.
Werner Anhäuser hatte das Haus in der Lindenstraße mit einer nahezu sechs Meter hohen Hakenkreuzfahne verziert und Günter Wegeners Frau riet ihrem Mann dringend davon ab, hiergegen einzuschreiten.
„Lass den Spuk einfach vorüber gehen. Der Hitler wird auch nicht ewig bleiben und irgendwann kommt die Vernunft zurück. Und der Anhäuser tobt sich halt ein wenig aus, das legt sich wieder. Die können nicht alle ihre Gegner verhaften und die Frankfurter wissen schließlich, was sie ihren Juden zu verdanken haben. Und du hast sowieso nichts zu befürchten und der Paul auch nicht."
„Ich weiß nicht" hatte Günter Wegener geantwortet, „wenn ich mir das Buch dieses Obergefreiten ansehe, dann wird mir ganz übel. Da steht ein vollständiges Programm drin, das der Vernichtung der jüdischen Rasse, so als ob es eine jüdische Rasse gäbe. Dieser Unsinn ist heute Reichsregierung und morgen? Was wird morgen? Der Landmann ist erst gar nicht mehr zurück gekommen und hat seinen Rücktritt erklärt. Der Mann weiß, was ihm blüht, wenn er in die Hände des braunen Terrors fällt. Die Stadträte, soweit sie nicht der NSDAP

angehören, sind verhaftet. Überall nur noch Uniformen und Hakenkreuzfahnen, ich erkenne meine Heimat nicht mehr wieder."

Else Wegener, die ansonsten eher zurückhaltend und noch seltener politisch argumentierte, sah ihren Mann resolut an.

„Wir werden schon durchhalten. Wir haben es immer zusammen geschafft, auch in schwierigen Zeiten. Denk mal an deine Zeit im Krieg. Das wird auch diesmal nicht anders sein. Du wirst sehen, die Deutschen sind im Kern anständige Menschen und werden das nicht lange tolerieren. Lass den Hitler an der Wirtschaftskrise scheitern, dann ist der braune Spuk schnell vorbei. Wer bringt denn die Menschen wieder in Lohn und Brot. Das sind doch nicht die Nazibonzen. Das sind Unternehmer wie wir und viele andere, auch jüdische Unternehmer. Denk mal an den Schlappeschneider, was haben die nicht schon alles für die Eintracht gemacht. Und für die Stadt. Das werden die Frankfurter doch nicht vergessen. Wenn der Rausch erst mal vorbei ist, dann wird es auch wieder normal."

Günter Wegener sah seine Frau liebevoll an, eine solch lange Rede hatte er schon lange von ihr nicht mehr vernommen.

„Else, du bist eine Optimistin und das ist auch gut so. Schön, wenn du recht behältst."

Paul, der immer noch notorische Nichttänzer hatte sich tatsächlich in Katharina verliebt und Katharina, die Glück hatte und weiterhin bei den Adlerwerken beschäftigt war, sah in Paul weit mehr als nur einen liebenswerten Gefährten. Seine Schüchternheit und Sensibilität hatte die junge Frau angerührt und so trafen sich die beiden regelmäßig, im Sommer zu langen Spaziergängen am Mainufer, im Winter in verschiedenen Cafés, vor allem aber im Café Hanselmann am Opernhaus. Zu mehr als einem Tee oder einer Tasse Kaffee reichte das Budget der beiden selten, aber das Ehepaar Hanselmann, selbst langjährige Eintrachtfans, spendierten dem Jungen und seinem Mädel gerne eine Zugabe jenseits des Budgets. Dass Paul einen konvertierten jüdischen Vater hatte, störte die junge Frau in keiner Weise, sie war schon Mitte der zwanziger Jahre in die SPD eingetreten und hatte sich eine Zeit lang in der Partei engagiert. Beruflich bedingt war sie in den letzten Jahren allerdings am Engagement für die Sozialdemokratie gehindert worden, worüber Paul recht froh war, denn mittlerweile war das Bekenntnis und das Engagement für die Sozialdemokratie ein gefährliches Hobby geworden. Zum ersten Mal in seinem Leben setzte sich Paul intensiver mit politischen Fragen auseinander, die jenseits des bislang im elterlichen Umfeld möglichen Diskurses lagen. Paul, dessen wichtigste Lektüre bislang der Kicker gewesen war, begann andere Zeitungen zu studieren, um gegenüber der jungen Frau nicht gänzlich uninformiert zu scheinen. Paul zuliebe war Katharina einige Male mit zu Spielen der Eintracht gegangen, ohne dass der Fußballsport sie hätte begeistern können. Unglücklicherweise waren die beiden einige Male Zuschauer bei Spielen gewesen, die in Ausschreitungen der Zuschauer einmündeten, was Katharina beim letzten Mal endgültig und dauerhaft abgeschreckt hatte. Noch mussten die jungen Leute bei ihren Eltern wohnen und so genossen die beiden vor allem im Sommer die langen Spaziergänge.

„Paul, hast du das gelesen?“ Die Empörung stand der jungen Frau deutlich ins Gesicht geschrieben. „Deine geliebte Eintracht hat die Stuttgarter Erklärung unterzeichnet und will sämtliche jüdischen Sportler und Funktionäre ausschließen. So eine Sauerei. Und du hast mir immer erzählt, dass dein Verein in jeder Hinsicht tolerant sei. Diese Feiglinge. Der Hitler ist doch nicht allmächtig und ein wenig Zivilcourage würde den Damen und Herren deines Vereins gut anstehen.“

„Ach Kathi, mach jetzt bloß keinen Unsinn und sag das auch noch laut und öffentlich.“

„Paul, ich mache mir Sorgen. Wo soll das noch hinführen, wenn jetzt selbst die Sportvereine anfangen den Nazis nachzulaufen. Dabei hast du mir doch immer erzählt, dass die Eintracht ein internationaler Verein sei und schon viele Freundschaftsspiele auch mit ausländischen Mannschaften vereinbart hat, als das in Deutschland nicht so gerne gesehen wurde. Ich hoffe, dass das Ausland dem Treiben der Nazis nicht lange zusehen wird."

„Kathi, tu mir einen Gefallen und sag das in der Öffentlichkeit nicht so laut. Du hast gesehen, wie die mit ihren politischen Gegnern umgehen und ich will dich nicht in Höchst suchen gehen."

Einige Tage zuvor, am frühen Morgen des 1. April 1933 hatte Günter Wegener wie jeden Tag frühzeitig das Haus verlassen. Paul hatte sich einen freien Tag gegönnt und plante, auf dem Riederwald einige Extrarunden zu drehen und seine konditionelle Verfassung zu verbessern. In der darauf folgenden Woche, so hatte er es mit Gerd verabredet, wollten die beiden offen mit Klaus Heise über Pauls Situation sprechen und seinen Rat einholen. Bislang hatte niemand aus dem Verein einen Versuch gemacht, Paul anzusprechen oder gar aus der Mannschaft zu drängen. Er trainierte nach wie vor drei Mal in der Woche mit, auch der Spielbetrieb der Fußballmannschaften war im Frühjahr 1933 normal weiter gelaufen. Im März 1933 stand die Eintracht auf dem ersten Platz in der Süddeutschen Meisterschaft und auch Pauls zweite Mannschaft hatte sich in ihren Spielen wacker geschlagen. Noch bevor Paul das Haus verlassen konnte, hörte er, wie sich die Eingangstür der Wohnung öffnete und sah im Flur seinen Vater, der offensichtlich in Eile und verstört zurück gekommen war.

„Was ist los Vater?“ So erschrocken hatte er den Vater in all den Jahren nicht erlebt. Günter Wegener war kreidebleich und setzte sich an den Küchentisch.
„Paul, du glaubst es nicht, vor unserem Geschäft sind vier SA-Posten aufgezogen und haben ein großes Schild an unser Schaufenster gehängt, 'Kauft nicht bei Juden'. Die machen jetzt wirklich Ernst mit Ihren Ankündigungen. Das gleiche Bild auf der Zeil, vor den großen Kaufhäusern. Kunden, die dennoch den Laden betreten wollen, werden angepöbelt, die Polizei schaut dem Treiben tatenlos zu. Die meisten Läden und Kaufhäuser haben geschlossen. Den Werner Anhäuser habe ich zwar nicht gesehen, aber der dürfte sicher auch irgendwo Posten stehen und mit der Meute heulen. Überall in der Stadt werden Flugblätter verteilt, auf denen behauptet wird, wir Juden hetzten gegen die deutsche Freiheitsbewegung und würden angeblich zum Boykott deutscher Waren im Ausland aufrufen. Auch jüdische Geschäfte, deren Inhaber zum christlichen Glauben übergetreten seien, würden boykottiert. Meine Mitarbeiter konnten den Laden auch nicht betreten, ich habe gerade noch geschafft, rechtzeitig in eine Seitenstraße abzubiegen. Der Anselm Meyer, unser Fischhändler, hat nicht so viel Glück gehabt, den haben die erwischt und verprügelt.“
Paul legte dem Vater den Arm auf die Schulter, so verstört hatte er ihn noch nie gesehen

„Was ist mit unseren Kunden, die uns jahrelang die Treue gehalten haben?“
„Ich weiß es nicht, Paul, ich habe heute keinen gesehen, aber ich war ja auch nicht lange da. Die ganze Aktion der SA ist offenbar sehr systematisch vorbereitet worden, das ist keine spontane, sondern eine ganz organisierte Aktion gewesen. Wenn du heute wirklich noch aus dem Haus und trainieren willst, dann solltest du dich in acht nehmen. Meide auf deinem Weg nach Möglichkeit Wege, wo sich der braune Mob sammelt. Mir wäre lieber, du würdest heute nicht an den Riederwald gehen.“
„Ich passe schon auf, mach dir keine Sorgen. Sorgen mache ich mir eher um Kathi, die ist so unvernünftig und sagt immer laut was sie denkt. Ich traue ihr glatt zu, dass sie mit ihrem sturen Kopf dennoch versucht, in eines der wenigen offenen Geschäfte zu gehen.“
„Deine Kathi ist ein tolles Mädel, die solltest du gut festhalten. Auch wenn ich die Sozis normalerweise nicht mag. Aber das Mädel hat das Herz auf dem rechten Fleck.“
„Ich weiß Vater. Ich muss unbedingt mit Gerd reden, jetzt weiß also sein Vater auch, dass du jüdische Eltern hattest. Das wird für ihn in seiner Familie nun auch nicht einfacher.“
„Mach dir nichts vor Paul, Blut ist dicker als Wasser. Wenn es Ernst wird, steht der Gerd zu seiner Familie. Freundschaft hin oder her, das war schon immer so und wird auch immer so

bleiben. Ich ärgere mich nur, dass ich dem Anhäuser einen Teil der Miete erlassen hatte, als er arbeitslos wurde. Das hätte ich mal besser bleiben lassen."

Die Boykottaktion gegen jüdische Geschäfte wurde nach nur einem Tag abgebrochen, da auch die SA feststellen musste, dass die Bürger Frankfurts und anderer Städte keinesfalls mit Begeisterung in die Hetze eingestimmt hatten. Dennoch mussten die gebrandmarkten Geschäfte und Unternehmen im Monat April deutliche Umsatzverluste hinzunehmen. Paul hatte sich vorgenommen, Gerd vor dem nächsten Training der Mannschaft anzusprechen und auch mit Klaus Heise zu reden. Sollten die beiden ihn tatsächlich fallen lassen, würde er aus dem Verein austreten und sich einem der jüdischen Fußballsportvereine anschließen. Das Training sollte am auf den Boykott folgenden Dienstag stattfinden und Paul sorgte dafür, dass er diesmal eine Viertelstunde vor Trainingsbeginn auf dem Gelände war. Er hatte Glück, Klaus Heise war schon da.

„Klaus, kann ich dich einen Moment sprechen?" Der Spielertrainer, der gerade dabei war, die benötigten Bälle für das Training aufzupumpen, sah Paul verwundert an.

„Schieß los, was hast du denn auf dem Herzen?"

„Ich habe in der Vergangenheit nicht darüber geredet, aber du solltest wissen, dass mein Vater ein konvertierter Jude ist.

Meiner Mutter zuliebe und um die Heirat zu ermöglichen, ist er zum katholischen Glauben übergetreten. Wenn du und wenn die Mannschaft nicht mehr mit mir trainieren und spielen will, dann werde ich gehen."

„Nun hör mal auf mit diesem Unsinn. Ich habe hier in der Mannschaft nie nach Religion oder politischen Einstellungen gefragt. Das weißt du doch ganz genau. Auf dem Platz kämpft jeder für die Mannschaft, egal was er sonst noch denkt oder glaubt. Das wird auch in Zukunft, solange ich hier was zu sagen habe, nicht anders sein. Wem das nicht passt, der muss mich halt ablösen."

„Danke dir, ich hoffe, das sieht der Rest der Mannschaft genau so."

„Ich würde an deiner Stelle gar nicht groß darüber reden. Lass mich das mal machen. Die meisten wissen ja nichts über deine Herkunft und die, die es wissen, werden schon merken, wo ich stehe. Mach dir da mal keine Sorgen. Und hilf mir lieber beim Aufpumpen. Oder soll ich die etwa alle alleine aufpumpen?"

Das Training verlief wie Hunderte andere Trainings ebenfalls. Klaus Heise verlor kein Wort über das Gespräch mit Paul und gab wie selbstverständlich die Mannschaftsaufstellung für das kommende Spiel mit Paul als linker Läufer bekannt. Fragen zur Aufstellung gab es nicht und so wurde die Mannschaft in die zweitägige Pause entlassen. Auf dem Weg in die Lindenstraße gingen Paul und Gerd eine Weile schweigend nebeneinander her.

„Hat dein Vater etwas gesagt?“ Paul sah den Freund prüfend an.

„Ja, er hat erst mal getobt, dass ich ihm nie die Wahrheit gesagt hatte. Und er hat von mir gefordert, entweder dafür zu sorgen, dass du nicht mehr spielst, oder selbst aus dem Verein zu gehen. Ich habe ihm gesagt, dass das Unsinn ist. Du bist doch katholisch getauft und dein Vater ebenfalls. Zudem war dein Vater an der Front, er solle sich mal nicht so anstellen. Er will nicht, dass ich weiter Umgang mit dir habe. Aber ich lasse mir den nicht verbieten. Ich habe meinen Vater dann daran erinnert, dass ihr uns mit der Miete entgegen gekommen seid. Das hat ihn erst einmal schachmatt gesetzt. Da konnte er direkt nichts mehr drauf sagen.“

„Danke Gerd, mein Vater was skeptisch, was unsere Freundschaft angeht, um so mehr freue ich mich, wie du das siehst.“

„Paul, wie lange spielen wir schon zusammen Fußball? Du solltest mich wirklich besser kennen. Und mein Vater wird sich schon wieder beruhigen. Immerhin sieht er wenigstens, dass dein Vater nicht ohne Grund das Eiserne Kreuz zweiter Klasse bekommen hat. Das imponiert ihm nach wie vor. Und das passt überhaupt nicht in das Bild, das er sich von Juden macht. Er sieht die Juden nämlich als total verweichlicht und feige an. Und so ganz unrecht hat er mit vielem ja auch nicht. Der deutsche Arbeiter schuftet und schuftet und kann davon noch nicht mal seine Familie ernähren. Oder er wird gleich arbeitslos und von einem Tag auf den anderen auf die Straße gesetzt. Der Hitler wird schon dafür sorgen, dass sich das ändert."

„Wenn sich das ändern soll, dann braucht es auch die jüdischen Unternehmen und Firmen, Gerd. Denk mal daran, wie der Schlappeschneider letztes Jahr Tausende von Schuhen über die Stadt Frankfurt für Bedürftige gespendet hat. Wo wäre denn unsere Eintracht heute, wenn der Neumann sich hier nicht engagieren würde."

„Na, Firmen wie die deines Vaters oder der Schlappeschneider sind doch auch gar nicht gemeint. Aber denk doch mal an die ganzen jüdischen Banken und Kaufhäuser. Wie viele kleine Händler und Handwerker sind in der Stadt schon kaputt gegangen. Das weißt du doch selbst. Ganz zu schweigen, von den vielen Arbeitslosen."

„Ach Gerd, ich glaube wir lassen das Thema besser. Da kommen wir nicht überein. Mein Vater glaubt, dass Hitler noch ein großes Unglück über Deutschland bringen wird. Ich hoffe, dass das bald vorbei ist, irgendwann müssen die Deutschen doch mal wieder zur Vernunft kommen."

Paul schüttelte innerlich den Kopf, seit Jahren schon hetzten antisemitische Kreise insbesondere gegen jüdische Banken und Kaufhäuser, so als wäre die Weltwirtschaftskrise von Juden gemacht worden. Verschwörungstheorien hatten

Hochkonjunktur. Und die Regierungen der Weimarer Republik hatten wenig unternommen, dem Treiben Einhalt zu gebieten. Das Propagandagift hatte Einzug in den Köpfen gehalten und selbst sein Freund Gerd war nicht gänzlich davon frei.

In den darauf folgenden Wochen wiederholten sich die Boykottaktionen der SA gegen jüdische Geschäfte und Unternehmen nicht, dafür hatte der Frankfurter Oberbürgermeister die Entlassung der jüdischen Angestellten und Beurlaubung der jüdischen Beamten verfügt und angeordnet, dass die Stadt in jüdischen Geschäften und Unternehmen nicht mehr einkauft. Die bestehenden Verträge mit jüdischen Unternehmen sollten gekündigt werden. Auch an der Frankfurter Universität wurden jüdische Professoren entlassen, lediglich Frontkämpfer wurden noch vom Ausschluss verschont. Zwar war Günter Wegener nicht direkt von den städtischen Beschlüssen betroffen, sein Modeatelier hatte auch zuvor keine städtischen Aufträge erhalten, indirekt hatte die Entwicklung jedoch durchaus ihre Wirkung entfalten können, denn einige seiner besten Kunden waren von den Entlassungen betroffen. Auch Werner Anhäuser, der wieder in Lohn und Brot gekommen war, blieb ohne weitere Begründung bei der gekürzten Miete, ohne wie mit Günter Wegener vereinbart, einen Ausgleich für das Entgegenkommen in der Zeit der Arbeitslosigkeit zu leisten. Es sei für ihn nahezu unzumutbar,

weiterhin in einem verjudeten Haus wohnen zu müssen, hatte er seinem erstaunten Sohn erklärt, eine Erklärung, die Gerd seinem Freund Paul wohlweislich erspart hatte.
Soweit es die Mannschaft betraf, hatte Klaus Heise recht behalten. Dass Paul weiterhin spielen konnte, blieb unbestritten, in anderen Bereichen der Eintracht jedoch schieden Mitglieder und Sportler aus dem Verein aus.

Wahnsinnsjahre

Das Weihnachtsfest 1933 war für Familie Wegener in bedrückter Stimmung zu Ende gegangen. Günter Wegeners Bruder war wenige Wochen zuvor verhaftet worden und seine Schwägerin, die keinerlei Auskunft erhalten hatte, wo sich ihr Mann befand, war, um der Einsamkeit zu entgehen, nach Frankfurt gekommen. Der Grund für die Verhaftung war ebenso unbekannt, wie der Aufenthaltsort und es gab allen Anlass, sich ernsthafte Sorgen zu machen. Immer neue Gerüchte machten im Deutschen Reich die Runde und die kleine Stadt Dachau wurde reichsweit bekannt. Mit dem Ermächtigungsgesetz war die Demokratie liquidiert worden und Günter Wegener sah sich zu seinem Leidwesen in seinen düsteren Prognosen in vielerlei Hinsicht bestätigt. Die materielle Situation der Familie hatte sich Monat für Monat verschlechtert, treue Stammkunden waren ausgeblieben, die wenigen neuen Kunden, überwiegend aus jüdischen Kreisen, waren in den meisten Fällen wenig begütert. Als eine der wenigen Zeitungen wagte die Frankfurter Zeitung, trotz der Entlassung Walter Benjamins und Siegfried Kracauers noch, sich hin und wieder in kritischer Berichterstattung zu üben und es wunderte Günter Wegener, dass Goebbels die Zeitung nicht schon längst verboten hatte.

Nahezu täglich verschlechterte sich die Situation der politisch oder rassistisch Diskriminierten, währenddessen sich eine neue Schicht braun und schwarz uniformierter Herren immer dreister und arroganter aufspielen konnte. Als Mann der „ersten Stunde“ war Werner Anhäuser innerhalb der Hierarchie rasch aufgestiegen und mittlerweile zum SA Hauptsturmführer ernannt worden. Es war ihm gelungen, zu sehr günstigen Konditionen das Haus eines jüdischem Emigranten zu erwerben, wobei die Drohungen der SA der Verkaufsabsicht des vorherigen Besitzers einigen Nachdruck verliehen haben mochten. Mit dem Auszug der Familie Anhäuser aus dem „verjudeten Haus“ waren auch die täglichen Begegnungen zwischen Paul und Gerd entfallen, beide sahen sich nur noch beim Training und bei Spielen ihrer Mannschaft sowie bei den seltener gewordenen Treffen im Café Hanselmann. Viele Cafés und Restaurants der Stadt Frankfurt hatten mittlerweile Schilder, „Zutritt für Juden verboten“ aufgehängt, was den Bewegungsradius Pauls deutlich eingeschränkt hatte. Obwohl niemand Paul die Abstammung ansehen konnte, weigerte er sich grundsätzlich, ein derartiges Lokal zu betreten. Er hatte seiner Katharina erklärt, dass er, obwohl christlich getauft und im Alltag eher areligiös, sich zunehmend solidarisch mit Menschen mosaischen Glaubens fühlte.

Anfang Januar 1934 machte sich Günter Wegener auf den Weg in die Kanzlei Hermannstein & Fraenkel um nach seinem

Bruder Heinz forschen zu lassen. Seine Schwägerin war mittlerweile in ihre Heimatstadt Lübeck zurückgekehrt. Die Anwälte versprachen Günter Wegener, bei der Polizei Nachforschungen anzustellen, ohne ihm jedoch allzu große Hoffnungen auf rasche Erfolge zu machen. Es war üblich geworden, Gegner des Regimes und solche, die dafür gehalten wurden, kurzerhand wegzusperren, ohne dass auch nur der geringste Anschein rechtsstaatlichen Handelns gewahrt werden musste. Gerüchteweise drangen entsetzliche Berichte über die Zustände in Dachau bis nach Frankfurt und Günter Wegener hoffte, dass sein Bruder wenigstens noch in normaler Haft bei Einheiten der Polizei gehalten wurde. Anfang Februar verdichteten sich die Hinweise, dass Heinz Wegener tatsächlich in Dachau in Haft saß. Die Anwälte hatten herausgefunden, dass sein Bruder wegen sogenannter Devisenvergehen und angeblicher Vorbereitungen zur Reichsflucht festgenommen und von der Untersuchungshaft im Lübecker Polizeigewahrsam direkt nach Dachau überstellt worden war. Paul verlor seine Stelle und trat in den elterlichen Betrieb ein. Günter Wegener unternahm den Versuch, durch die Ernennung eines Mitarbeiters zum Geschäftsführer das Stigma des jüdischen Unternehmens los zu werden. Er hoffte, wenn er selbst in den Hintergrund träte und einem reinrassigen Arier formal die Geschäftsleitung übertragen würde, die wirtschaftliche Situation wieder verbessern zu können.

„Ich war heute in der Quinkestrasse", Else Wegener sah ihren Mann erstaunt an.

„Wo warst du?"

„In der Quinkestrasse, beim Hilfsverein der Juden in Frankfurt."

„Um Gottes Willen, was hast du denn da gewollt?"

„Ich habe mich, liebe Else, einmal nach Möglichkeiten der Auswanderung erkundigt. Ich denke, wir sollten uns mit dem Gedanken vertraut machen, Deutschland zu verlassen. Der Hitler wird so schnell nicht wieder verschwinden und uns wird das Leben immer schwerer gemacht. Ich weiß, du bist hier in Frankfurt geboren und kannst dir nicht vorstellen, von hier fort zu gehen. Aber das geht heutzutage vielen so, die das Land verlassen und ganz neu anfangen müssen. Die haben mir beim Hilfsverein erzählt, dass es Ländern in Afrika gibt, die uns noch aufnehmen. Die Schweiz, die ich vorgezogen hätte, hat leider die Grenzen für eine Einwanderung ziemlich eng gezogen."

„Afrika, du meine Güte, ich weiß ja nicht mal, welche Sprache da gesprochen wird. Was wollen wir denn beruflich da machen? Willst du etwa in Afrika ein Modeatelier eröffnen?"

„Das nun nicht gerade, aber gute Schneider kommen überall auf der Welt unter. Das wenigstens ist der Vorteil des Berufes, den Paul und ich erlernt haben. Was sagst du denn dazu, Paul?"

Paul sah den Vater mit großen Augen an.

„Wie kommst du bloß auf so eine Idee? Erstens würde ich die Katharina niemals hier im Stich lassen und zweitens kann ich mir Afrika gar nicht vorstellen. Völlig ausgeschlossen, wenn du gehen willst, ich bleibe hier."

„Wenn Paul hier bleibt, bleibe ich auch."

Else Wegener, die ihrem Mann normalerweise recht viel nachsah, wirkte entschlossen, ihm dieses Mal jeglichen Widerstand entgegenzusetzen, zu dessen sie fähig war.

„Was für eine verrückte Idee, Afrika!"

Mit diesem Statement war für Else Wegener die Diskussion beendet und Günter Wegener wusste, dass er seine Frau zumindest in der nächsten Zeit kaum würde umstimmen können. Er hatte diesen Widerstand erwartet und war nicht wirklich enttäuscht, auch ihm war der Gedanke, in eine derart fremde Zukunft auszuwandern, auf den ersten Blick unwirklich und absurd vorgekommen. Aber vor dem Hintergrund der jüngsten Ereignisse um seine Familie wollte Günter Wegener seine geliebte Familie auf eine mögliche Auswanderung wenigstens vorbereiten, wohl wissend, dass alleine der Gedanke seine Zeit brauchte. Kein Mensch, die bodenständige und heimatverbundene Else Wegener schon gar nicht, verlässt gerne die Heimat und die eigene Sprache zugunsten einer unwägbaren, fremden Zukunft in einem Land, von dem man wenig, bis nichts weiß. Noch vor wenigen Monaten hätte auch

Günter Wegener diesen Gedanken weit von sich gewiesen. Aber er spürte deutlich, dass hinter den Parolen und den noch ungeordneten Aggressionen der Braunhemden eine zunehmend organisierte, sich staatlicher Gewalt bedienende Macht stand, deren Ausmaße allenfalls erahnbar waren. Gegen diese Macht schien jeglicher Widerstand Einzelner aussichtslos und von vornherein zum Scheitern verurteilt.

Am Abend des gleichen Tages traf sich Paul mit seiner Katharina, wieder einmal im Café Hanselmann. Die junge Frau sah in ihrem weißen Kleid hinreißend aus und Paul konnte sich weniger denn je vorstellen, alles in Frankfurt hinter sich zu lassen um in eine unbekannte Fremde aufzubrechen.
„Stell dir vor, mein Vater war beim jüdischen Hilfsverein und hat sich nach Möglichkeiten der Auswanderung erkundigt. Mutter und ich haben das sofort abgelehnt."
Katharina sah ihren Paul lange an und überlegte sichtlich angestrengt.
„So abwegig finde ich den Gedanken deines Vaters gar nicht. Wer weiß, was hier auf uns noch alles zukommt."
„Du willst mich wohl verlassen" versuchte Paul zu witzeln, aber Katharina war in keiner Weise scherzhaft zumute.
„Nein, mal ehrlich Paul. Das ist doch wirklich kein abwegiger Gedanke. Und viele sind ja auch schon gegangen. Du hast doch selbst erlebt, mit welch rabiaten Methoden hier gegen

tatsächliche oder vermeintliche Gegner vorgegangen ist. Und die Zerrbilder, die der Stürmer und die gleichgeschaltete Presse tagtäglich von den Juden verbreiten, haben in vielen Köpfen schon Platz gefunden. Ich merke das doch auch am Arbeitsplatz. Was glaubst du, wie viele Kolleginnen und Kollegen, zum Teil früher mal gute Gewerkschafter und Sozialdemokraten heute schon dem ständigen Gift der Nazipresse verfallen sind. Nicht alle, Gott sei Dank, aber viele. Es ist immer schwieriger geworden, einen vernünftigen Gedanken noch laut zu äußern. Alle passen auf, was sie in der Öffentlichkeit sagen, keiner traut mehr dem anderen."

„Ohne dich werde ich garantiert nicht auswandern. Das kann ich mir überhaupt nicht vorstellen. Und dann auch noch Afrika. Wir müssten ganz neu anfangen, ohne die Sprache, ohne genauere Landeskenntnisse. Und ob die Afrikaner überhaupt Fußballmannschaften haben, das weiß ich auch nicht."

„Ach Paul, Fußball ist doch nicht alles im Leben. Und wer sagt denn, dass ich nicht vielleicht sogar mit komme? Hast du dir das schon mal überlegt? Wir könnten heiraten und irgendwo ganz neu anfangen. Ohne ständig Angst zu haben und aufpassen zu müssen, was man wo äußert."

Die Verblüffung stand Paul deutlich ins Gesicht geschrieben.

„Seit wann geistern dir denn solche Gedanken im Kopf herum? Wir haben doch noch nie über das Heiraten gesprochen."

„Noch nicht so lange, ehrlich gesagt erst so in den letzten zwei, drei Wochen. Ich finde, wir müssen uns wirklich überlegen, wie es weiter gehen soll."

Paul hätte seine Kathi am liebsten direkt in den Arm genommen und geküsst, allein seine Erziehung hielt ihn davon ab, das im Café Hanselmann vor aller Augen zu tun. Statt dessen riss er sich am Riemen und bemühte sich, seine Gefühle nicht allzu deutlich zu zeigen.

„Lass mir ein wenig Zeit, das kommt jetzt doch überraschend. Ich freue mich wahnsinnig und werde ganz sicher noch mal über alles nachdenken. Vielleicht hast du ja Recht, aber ich hoffe halt immer noch, dass es hier nicht so schlimm wird. Schau mal, in der Mannschaft spiele ich nach wie vor und keiner sagt etwas. Die meisten Mannschaftskameraden stehen hinter mir. Und die paar Nazis in der Mannschaft wissen nichts und fallen auch nicht ins Gewicht. Die anderen, auch Gerd, halten einfach dicht."

„Ich verstehe dich ja. Mir gefällt der Gedanke, gute Freunde aufzugeben und in eine ungewisse Zukunft zu gehen, auch nicht. Aber haben wir hier überhaupt noch eine Zukunft?"

„Genau diese Frage wird sich mein Vater auch gestellt haben, sonst wäre er nicht zum jüdischen Hilfsverein gegangen. Ausgerechnet mein Vater, der deutscheste aller Deutschen. Aber meine Mutter und ich wollen unser Leben hier nicht aufgeben. Der Hitler kann doch nicht ewig an der Macht bleiben."

Paul sah den stummen Zweifel in den Augen der jungen Frau. Das Gespräch war leise, fast im Flüsterton geführt worden und Paul fürchtete schon, dass sie auf diese Art und Weise noch unangenehme Neugier auf sich ziehen könnten.

„Lass uns gehen, ich muss morgen früh raus."

Wenn Katharina enttäuscht war, so zeigte sie das zumindest nicht.

„Ja, ich habe morgen auch einen langen Tag. Sehen wir uns übermorgen? Wieder hier?"

Auf dem Nachhauseweg überfielen Paul eine Reihe stürmischer und widersprüchlicher Gefühle. Natürlich war ihm auch der Gedanke, seine Kathi zu heiraten nicht gänzlich fremd. Zugleich hatte er Angst vor der Verantwortung, die eine Ehe mit sich bringt. Würden Katharina und er wirklich zusammen leben können? Durch alle Höhen und Tiefen des Alltags hindurch? Was, wenn Kathi recht hätte und beide wirklich besser ins Ausland emigrieren sollten, weg von Frankfurt, weg von der Eintracht, weg von seinen Freunden? Was, wenn sie gemeinsam in der Fremde nicht zurecht kämen. Konnte er überhaupt verantworten, seine Kathi, die ja nicht gefährdet war, in eine solch ungewisse Zukunft entführen? Und hatte er das Recht, sie durch eine Heirat einer möglichen Gefahr auszusetzen? Fragen über Fragen. Er würde Zeit benötigen. Wie viel Zeit, das war nicht absehbar. Die anstehenden

Entscheidungen sollten in jeder Hinsicht gründlich bedacht werden. Doch wer konnte ihm dabei helfen? Gerd würde keine große Hilfe sein, er würde sofort sagen, dass Paul heiraten und in Frankfurt bleiben solle. Aber ob Gerd die politische Situation realistisch einschätzen könnte? Paul bezweifelte das. Der Vater hatte seine Entscheidung, ins Ausland zu gehen, innerlich wohl schon getroffen, wollte aber nicht ohne seine Familie emigrieren. Von ihm, Paul und von seiner Mutter hing also ab, wie es weiter gehen würde. Und seine Mutter, da war sich Paul recht sicher, war nicht so rasch vom Gedanken an eine Emigration zu überzeugen. Hatte Kathi recht damit, dass die Emigration der gesamten Familie die beste Lösung wäre?

Die ersten Briefe und Postkarten aus Dachau waren nicht sonderlich ermutigend. Heinz hatte geschrieben und um Geld und warme Kleidung gebeten, kein Wort darüber, ob und wann er gegebenenfalls nach Hause kommen könnte. Zwischen den Zeilen las Günter Wegener, dass es seinem Bruder sehr schlecht gehen musste. Auch die Anwaltskanzlei machte Günter Wegener keine große Hoffnung. Gerüchtehalber war auch nach Frankfurt vorgedrungen, dass ein mutiger Staatsanwalt aus München versucht hatte, drei Morde in Dachau aufzuklären und Strafanzeige gegen die SS Schergen zu stellen. Mit der Folge, dass das Konzentrationslager nun vollständig abgeschottet war, selbst die Feuerwehr durfte das Lager nicht mehr betreten, und der Staatsanwalt war aus München weg versetzt worden. Die Briefe der Gefangenen, da war sich Günter Wegener sicher, waren vor dem Versand auf dem Postweg von der SS kontrolliert worden. Er hatte über die Anwaltskanzlei mehrfach versucht, eine Besuchserlaubnis zu erhalten, vergeblich. Die auch in Frankfurt in Umlauf befindlichen Gerüchte über die katastrophalen Zustände in Dachau und Oranienburg waren nicht angetan, die tiefe Besorgnis Günter Wegeners zu verringern. Politischer Widerstand, auf den Günter Wegener noch bis weit ins letzte Jahr hinein gesetzt hatte, war ein lebensgefährliches Unterfangen geworden. Dabei war sein Bruder Heinz noch nicht einmal organisierter Parteigänger oder Gewerkschafter. Vermutlich hatte er lediglich einige offene Worte an der falschen Stelle oder bei den falschen Leuten gesagt. Die offizielle Begründung für die Inhaftierung hielten auch die Anwälte für vorgeschoben. So blieb als einzige Möglichkeit, Heinz die erbetene Kleidung und etwas Geld zu senden, hoffend, dass dies dem Bruder die Situation wirklich erleichtern würde.

Auch innerhalb des Unternehmens hatte sich die Situation im Laufe des Jahres 34 verschlechtert, der von Günter Wegener eingesetzte Geschäftsführer, Oskar Herlemann, hatte nicht ausgereicht, den Stempel arischer Betrieb zu erhalten. Zudem hatte Oskar Herlemann begonnen, einige, wie Günter Wegener fand, problematische Entscheidungen ohne Rücksprache mit ihm zu treffen. Entscheidungen, die Günter Wegener, hätte er vorab davon gewusst, mit Sicherheit vereitelt hätte. So blieb ihm wenig übrig, als die Eigenmächtigkeiten nachträglich abzunicken und seinen Geschäftsführer zumindest nicht vor der Belegschaft zu demontieren. Glücklicherweise war es Günter Wegener gelungen, die frei gewordene Wohnung der Anhäusers rasch wieder zu vermieten, so dass sich der Mietausfall in Grenzen hielt. Der neue Mieter, Professor Wagner, war zuvor im Zuge der sogenannten Säuberungen an der Frankfurter Universität entlassen worden und dankbar, eine etwas kleinere Wohnung mit seiner Familie zu erhalten. Die publizistische Tätigkeit hielt den Historiker mit einiger Mühe über Wasser, Reichtümer, so hatte er seinem Vermieter gestanden, konnte er damit nicht erwerben. Die Mietminderung, die Werner Anhäuser so freizügig beibehalten hatte, wurde auf den Professor übertragen und Günter Wegener war froh, wenigstens im eigenen Hause keine braunen Uniformen mehr sehen zu müssen. Da sein Bruder Heinz als Ernährer der Familie ausgefallen war, machte Günter Wegener seiner Schwägerin den Vorschlag, dass sie nach Frankfurt kommen und das leer stehende Zimmer im Dach beziehen könnte. Da beide kinderlos geblieben waren, konnte die dreiundvierzigjährige Marianne Wegener Ende 1934 gerne das kleine Zimmer beziehen.

Paul und Katharina hatten bezüglich ihrer Überlegungen Stillschweigen gegenüber den beiden Familien vereinbart, beide wollten zuerst für sich Klarheit schaffen, bevor sie ihre Eltern einweihen würden. Äußerlich hatte sich wenig verändert, nach wie vor konnte Paul unbehelligt in der zweiten Mannschaft der Eintracht spielen und die beiden Verliebten trafen sich wie immer zu ihren langen Spaziergängen und Cafébesuchen. Die Überlegungen nach Afrika auszuwandern waren angesichts des Widerstands Elses weiter in den Hintergrund getreten, was Paul zumindest einen Teil der Entscheidung vorerst abgenommen hatte. Die Eintracht war nach dem Willen der NS-Führung, wie die anderen Sportvereine auch, gleichgeschaltet und das Führerprinzip eingeführt worden. Nach dem überraschenden Tode des Vereinsvorsitzenden, Graf von Beroldingen, war mit Hans Sölingen ein SA Mann als Vereinsführer an die Spitze der Eintracht gewählt worden. Formell durften jüdische Sportler im Verein nicht aktiv sein, lediglich die Tatsache, dass die zweite Mannschaft nicht im Rampenlicht des öffentlichen Interesses stand, ersparte Klaus Heise den Schritt, Paul aus der Mannschaft ausschließen zu müssen. Vor allem die Jugendarbeit der Vereine war in den Blickpunkt des Naziinteresses gerückt, die Erziehung von Kindern und Jugendlichen sollte im nationalsozialistischen Geist erfolgen. Im Sommer 1934 wurden die Jugendabteilungen auch der Eintracht der Hitlerjugend angegliedert. Jüdischen Kindern und Jugendlichen war nur der Eintritt in einen der rein jüdischen Sportvereine noch möglich. Gerds Vater interessierte sich zum Glück für Gerd weder für den Fußballsport, noch für die Eintracht. Paul Wegener, so hatte Gerd seinem Vater verkündet, sei schon länger aus der Mannschaft ausgeschlossen worden und würde nicht mehr spielen. Klaus Heise, Gerd und die wenigen Sportler, die von der Herkunft Pauls wussten, hielten eisern dicht. Gerd war von seinem Vater überredet worden, wenigstens der NSDAP beizutreten. „Es darf niemand bei der Erneuerung Deutschlands beiseite stehen", hatte er von seinem Sohn gefordert. Um den Vater zu beruhigen, hatte sich Gerd zu diesem Schritt entschlossen, ohne sich jedoch wirklich engagieren zu wollen. Bei den Adlerwerken war es wieder aufwärts gegangen, Gerd hatte mit der Arbeit, dem Training und den Spielen genug zu tun und konnte sich auf diese Weise wenigstens hin und wieder vor den Pflichtveranstaltungen der Partei drücken. „Siehst du", hatte er Paul gesagt, „der Führer hat Wort gehalten und für uns Arbeiter was getan. Hitler hat eben nicht nur schlechte Seiten, auch wenn die Hetze gegen die Juden nicht in Ordnung ist." Paul lag eine bittere Bemerkung auf der Zunge, aber eine Auseinandersetzung mit Gerd hätte, so schien ihm, vermutlich nichts gebracht. Gerd würde schon noch seine eigenen Erfahrungen machen.

Walter Neumann hatte bereits Ende 1933 seine Anteile an der gemeinsamen Firma verkaufen müssen und war 1935 emigriert.

Die Eintracht hatte ihren großzügigen Förderer verloren, der ebenso wie der zurückgetretene Kassierer Hugo Reiss eine empfindliche Lücke hinterließ. Auch die Saison 1934/35 in der neu gegliederten Gauliga Südwest war enttäuschend verlaufen.

Marianne Wegener hatte sich in Frankfurt eingelebt und mit etwas Glück eine Stelle als Bürokraft in einem kleineren mittelständischen Unternehmen gefunden, auf die Frage nach ihrer rassischen Zugehörigkeit hatte der Firmeninhaber bei der Einstellung verzichtet. Der Anschluss an die Familie des Schwagers half ihr über die schweren Stunden der Ungewissheit hinweg, noch immer war von Heinz Wegener mit Ausnahme der wenigen Briefe die hin und wieder in der Lindenstraße eintrafen, nichts zu hören. Die anfänglich in die Tätigkeit der Anwaltskanzlei gesetzten Hoffnungen, man könne den Inhaftierten frei bekommen, hatten sich zerschlagen. Aus den wenigen Briefen, die aus Dachau eintrafen, entnahm Günter Wegener, dass sein Bruder ebenfalls die Hoffnung auf eine baldige Freilassung verloren und sich in sein Schicksal eingefügt hatte. Über Emigration hatten Günter und Else Wegener nicht mehr gesprochen und Günter Wegener sah, dass seine Frau diesen Schritt kaum würde mitgehen können. So bemühte sich Günter Wegener, den familiären Alltag so normal es eben ging, zu gestalten und die täglich erlebte Demütigung und Erniedrigung vergessen zu lassen. Die ersten

Sonnenstrahlen des Frühlings hatten begonnen, die Stadt zu erwärmen und ließen für einige Stunden den Eindruck friedvoller Normalität zu. Katharina und Paul hatten ihre langen Spaziergänge am Main wieder aufgenommen. Paul hatte heimlich, ohne ein Wort zu erwähnen, angefangen auf die Hochzeit zu sparen, innerlich war seine Entscheidung gefallen. Er wollte spätestens zu Kathis Geburtstag im Oktober die junge Frau mit einem schönen Verlobungsring überraschen und das Aufgebot für das Frühjahr 1936 bestellen.

Wieder war ein Brief aus Dachau angekommen und Günter Wegener hatte ihn, wie die vorangegangenen auch, für Marianne Wegener auf den Küchentisch gelegt. Das gemeinsame Abendessen der Familie hatte die Schwägerin, seit sie in Frankfurt wohnte, eingeschlossen und Marianne Wegener war froh, der Einsamkeit für einige Stunden zu entgehen. Nach dem Abendessen öffnete Marianne Wegener den Brief und erbleichte. Mit zitternden Händen, ohne ein Wort hervorbringen zu können, übergab sie Günter Wegener das Schreiben.

„Sehr geehrte Frau Wegener. Bedauerlicherweise müssen wir Ihnen mitteilen, dass Ihr Mann am 5.3.1935 an einer Lungenentzündung verschied. Wir haben die sterblichen Überreste ihres Mannes eingeäschert und bieten Ihnen an, gegen Übernahme der Versandkosten, die Urne nach Frankfurt zu überführen. Die Rechnung für die Einäscherung haben wir angehängt. Heil Hitler. Heinrich Deubel, Lagerkommandant"

Günter Wegener schossen die Tränen in die Augen, Lungenentzündung, Heinz war zeit seines Lebens eine robuste, gesunde Natur gewesen. „Diese Mörder", brach es aus ihm heraus. Nun war also wahr geworden, was als dunkle Drohung die Familie seit der Inhaftierung immer begleitet hatte. Stumm umarmte Günter Wegener seine Schwägerin, die zu fallen drohte und hielt sie fest. Marianne Wegener zitterte am ganzen Leib. Ihre Lippen waren blau angelaufen und ihre Gesichtsfarbe so bleich, wie das Papier des Briefes.
„Setz dich erst mal auf die Couch, ich hole uns einen Kognac." Günter Wegener, der so gut wie nie Alkohol trank, ging zum Wohnzimmerschrank und goss Marianne, seiner Frau und sich jeweils ein großes Glas Kognac ein. Schlagartig fiel ihm das deprimierte Gesicht des alten Mannes, den er von der Zeil nach Hause gebracht hatte wieder ein und er dachte an die resignierte Feststellung des Alten, dass Juden in Deutschland keinen Schutz des Rechts mehr hätten. Wie recht er doch gehabt hatte. Und wie lange hatte er sich dem trügerischen Gefühl, dass doch alles nicht so schlimm würde, hingegeben.
Die nächsten Wochen verliefen wie in Trance. Marianne hatte über Nacht graue Haare bekommen und war sichtbar gealtert.

Sämtlicher Lebensmut hatte die Dreiundvierzigjährige verlassen, die sich zunehmend in ihrem Zimmer unter dem Dach vergrub und kaum noch ansprechbar war. Die Asche des Verblichenen hatte die Familie auf eigene Kosten nach Frankfurt überführen lassen und die mit deutscher Gründlichkeit aufgeschlüsselten Kosten der Einäscherung bezahlt. Ein würdiges Begräbnis auf dem jüdischen Friedhof, mehr konnte Günter Wegener für seinen Bruder nicht mehr tun. Die Stimmung im Hause blieb gedrückt und Paul war froh, als im Sommer eine Tour seiner Mannschaft zu Freundschaftsspielen im Breisgau anstand und er wenigstens für einige Tage das Gefühl eines normalen Lebens bekommen konnte. Er hatte mit Kathi vereinbart, bis kurz vor der Verlobung Stillschweigen über ihre familiären Pläne zu bewahren. Das Thema Emigration hatten die beiden immer wieder angesprochen, ohne jedoch zu einem Ergebnis zu kommen. Die Bindung Pauls an seine Eltern war zu stark, um eine Emigration ohne die beiden auch nur in Erwägung zu ziehen.

Im September 1935 wurde der Reichsparteitag der NSDAP mit großem Pomp und Spektakel, als „Reichsparteitag der Freiheit“ inszeniert und am 15. September das „Gesetz zum Schutze des deutschen Blutes und der deutschen Ehre „ sowie das „Reichsbürgergesetz“ verabschiedet.

„Hast du das gelesen?“ Katharina stand die Wut sichtbar ins Gesicht geschrieben. „Paul, die haben in Nürnberg ein Gesetz verabschiedet, das Juden verbietet, Deutsche zu heiraten. Und sogenannte Halbjuden müssen vorher eine Erlaubnis einholen. Unsere Herren Arier haben Angst, dass sich zu viel jüdisches Blut mit dem deutschen mischen könnte.“

Paul sah seine künftige Verlobte erschrocken an.

„Das bedeutet, wir können nicht mehr heiraten?“

„Zumindest nicht ohne Erlaubnis der arischen Herrenrasse. Um die werden wir uns kümmern müssen. Wie demütigend. Und wie ich unsere Herren Arier einschätze, werden die sich die Erlaubnis auch noch richtig bezahlen lassen, darin, jüdisches Vermögen zu enteignen, sind die ja in kürzester Zeit richtig gut geworden.“

„Dann sollten wir mit dem Aufgebot nicht mehr lange warten, vielleicht rutschen wir ja noch so durch“, meinte Paul und zweifelte gleichzeitig daran, dass dies möglich wäre.

„Ach Paul, es sind schon schlimme Zeiten. Ich habe manchmal Angst vor der Zukunft und denke mit Schrecken daran, was noch alles passieren kann. Ich habe immer mehr das Gefühl, dass die Nazis sich überall festgesetzt haben und dass unser früheres Leben eine Vergangenheit ist, die nicht mehr wiederkommt. Und die Begeisterung, mit der viele in die Hassgesänge Hitlers einstimmen, selbst viele früher gute Kolleginnen und Kollegen bei den Adlerwerken, macht mir

Angst. Vor Kurzem hat mich ein Kollege angesprochen, der mich noch aus meinen Zeiten bei der SPD kennt, und gefragt, warum ich nicht in der Partei bin. Es dürfe doch keiner beiseite stehen, wenn Deutschland wieder groß und geachtet würde, in der Welt. Ich könne doch nicht ewig an meinem sozialdemokratischen Irrglauben festhalten und müsste doch sehen, was Hitler alles schon für Deutschland erreicht hätte."

„Was hast du ihm geantwortet?"

„Ich habe ihm gesagt, dass wir Frauen genug für Deutschland leisten und als berufstätige Frau hätte ich ja schließlich mich auch noch um meine Familie zu kümmern. Mehr habe ich mich nicht getraut, am Ende verpfeift der mich sonst noch bei der Betriebsgruppe der Partei. Natürlich gibt es immer noch einige Kollegen, die dem ganzen Spuk reserviert gegenüber stehen. Aber den Mut, sich öffentlich zu äußern, hat keiner mehr. Jedenfalls keiner, den ich kenne. Habe ich dir schon den neuesten Witz, der unter den kritischeren Kollegen kursiert, erzählt?"

„Nein, ich denke nicht."

„Also der geht so: Ein Arbeiter in einer Fabrik, die Kinderwagen herstellt, beschließt, sich die Einzelteile für sein Kind, das noch im Mutterleib ist, zusammen zu klauen. Ein guter Freund hilft ihm dabei. 'Na, ist dein Kinderwagen fertig geworden?' 'Also ich weiß nicht, irgendwas mache ich falsch.

Immer wenn ich den Kinderwagen zusammensetze, kommt ein Maschinengewehr raus.' Der ist gut, nicht?"

„Ja, der ist wirklich gut." Paul schmunzelte ob des derben Humors, den sich der eine oder andere seit 1933 angeeignet hatte. Der politische Witz hatte nach Hitlers Machtergreifung Hochkonjunktur, war dies doch die einzige Form der Äußerung, die noch einigermaßen gefahrlos blieb.

„Lass uns bald zum Standesamt gehen. Je schneller wir das hinter uns bringen, um so besser."

„Das machen wir und sagen es jetzt auch unseren Eltern. Hast du noch einmal über die Möglichkeit der Emigration nachgedacht?"

„Ja, ich habe mittlerweile auch Erkundigungen eingezogen. Die Möglichkeit besteht, insbesondere einige afrikanische Länder nehmen uns Juden auf, die Auswanderung nach Palästina ist ebenfalls möglich. Dort sind allerdings erhebliche Unruhen, die Araber sehen uns Juden nicht gerne kommen und bei den Briten sind wir auch nicht unbedingt erwünscht. Nach Großbritannien oder USA kommst du nur, wenn du ein gültiges Visum hast und das bekommen die Wenigsten. In Lateinamerika das gleiche Bild, auch hier gibt es einige Länder, die uns gut aufnehmen, wie Chile beispielsweise, andere tun sich damit schwer. Der größte Haken an der Auswanderung ist, dass die Deutschen fast alles Hab und Gut konfiszieren. Was die Reichsfluchtsteuer nicht nimmt, wird konfisziert und auf

Sonderkonten eingezahlt. Hier können Juden nur einen Teil ins Ausland transferieren, der größere Rest verbleibt im Reich. Wir würden also fast alles verlieren, was Vater in den vergangenen Jahrzehnten aufgebaut hat und müssten in einem völlig fremden Land noch einmal von vorne anfangen. Zudem wäre fraglich, ob wir für unser Haus und unser Unternehmen überhaupt noch einen angemessenen Kaufpreis bekommen. Der neue Geschäftsführer hat ja meinem Vater schon ein unanständiges Angebot gemacht und dabei unverhohlen auch noch gedroht. Und diesen Typen hat mein Vater in den schwierigen Zeiten auch noch geholfen, Entlassungen, wenn möglich, vermieden und lieber selbst mehr gearbeitet."

„Ach Paul, das ist alles schrecklich, aber ich finde, es ist immer noch besser, Geld zu verlieren, als das Leben. Du solltest noch einmal mit deinen Eltern reden. Ich werde meinen Eltern jedenfalls sagen, dass ich mit dir ins Ausland gehe."

„Das kann ich gerne tun. Ich werde auch mit meinen Eltern reden, aber ich will die beiden auf keinen Fall im Stich lassen. Wir müssen da als Familie eine gemeinsame Lösung finden. Und mit Marianne ist ja nun auch noch ein weiteres Familienmitglied an Bord, sie werden meine Eltern nicht alleine in Frankfurt lassen wollen."

„Dann lass uns gleich nächste Woche auf das Standesamt gehen, wir bestellen das Aufgebot. Mal sehen, ob die so schnell reagieren."

Am darauf folgenden Abend fand Paul die Familie vollständig beim Abendessen vor.

„Ich möchte euch etwas Wichtiges sagen. Katharina und ich wollen heiraten, möglichst bald. Und wir planen zu emigrieren. Hier in Deutschland ist es unerträglich geworden und wer weiß, was noch alles passieren wird."

„Du hast gelesen, dass wir mittlerweile keine arischen Deutschen mehr heiraten dürfen? Und dass du vermutlich für die Heirat eine besondere Erlaubnis benötigst?"

„Ja Vater, das habe ich gelesen. Nächste Woche bestellen Katharina und ich das Aufgebot, vielleicht sind wir schnell genug. Und die Standesbeamten lassen uns noch mal durchrutschen."

„Meinen herzlichen Glückwunsch, Paul. Mit der Katharina hast du ein patentes Mädel gefunden, die hat das Herz am rechten Fleck. Ich freue mich für euch. Wie sicher ist euer Plan, zu emigrieren? Wollt ihr das direkt nach der Hochzeit in die Wege leiten?"

„Darüber wollte ich mit euch reden. Ihr habt ja auch in den letzten Monaten mitbekommen, was sich hier verändert hat. Wer weiß, was den Nazis noch alles so einfällt. Ich wäre dafür, dass wir als Familie zusammen emigrieren. Gemeinsam fällt es doch viel leichter, irgendwo ein neues Leben aufzubauen. Ich habe mich mittlerweile auch in der Quinkestraße nach den

Bedingungen erkundigt. Ich weiß, das sieht nicht gut aus. Wir werden einen großen Teil unseres Vermögens verlieren. Aber Katharina hat recht, immer noch besser, das Vermögen, als das Leben."

„Und wohin sollten wir emigrieren? Habt ihr euch da auch schon Gedanken gemacht?"

„Am einfachsten sind wohl manche Länder in Afrika und Südamerika, Palästina wäre mir im Moment zu gefährlich. Und hier in Europa ist mir alles zu nahe dran an den Nazis. Wenn es wirklich Krieg gibt, dann wären wir in den Nachbarländern auch in Gefahr. So weit weg, wie möglich, das scheint mir sicherer zu sein."

„Ach Paul, so einfach ist das für uns nicht. Aber wir sollten vielleicht versuchen, das Haus und das Geschäft zu verkaufen. Vielleicht bekommen wir ja noch einen einigermaßen vertretbaren Preis. Aber auch das wird seine Zeit brauchen. Wir müssen erst einmal einen akzeptablen Käufer finden."

„Kathi und ich müssen ja auch erst einmal die Erlaubnis zur Heirat bekommen, wer weiß schon, wie lange das dauert. In dieser Zeit könntet ihr versuchen, die Firma zu verkaufen und das Haus."

Else Wegener, die bis dahin dem Gespräch zwischen Paul und seinem Vater zugehört hatte, war der Konflikt deutlich anzumerken. Paul wusste um ihre Liebe zu Frankfurt und ihre

Familie und sah seiner Mutter an, in welch schwieriger Situation sie sich befand.
„Mutter, ich weiß dass das für dich ein schwerer Schritt ist. Aber hier in Frankfurt, fürchte ich, haben wir keine Zukunft mehr. Und wer weiß schon, das noch alles auf uns zukommt, wenn wir hier bleiben."
„Das Haus zu verkaufen, wird mir sehr schwer fallen. Wie lange haben wir gebraucht, bis wir es erwerben konnten. Und nun, nach wenigen Jahren glücklichen Lebens hier, sollen wir alles was wir aufgebaut haben, wieder verlassen. Du wirst sicher verstehen, dass mir dieser Schritt schwer fällt. Aber ich gehe natürlich mit, meine Familie und auch dein neues Glück sind mir wichtiger. Und die Katharina mag ich auch, da hast du uns eine gute Schwiegertochter ins Haus gebracht. Du Günter, tu mir einen Gefallen. Sage mir nichts von Interessenten und Gesprächen, lass mich einfach wissen, wenn das Haus verkauft ist und wir ausziehen müssen."
„Else, ich weiß doch, wie es dir geht. Ich werde deinen Wunsch erfüllen." Günter Wegener sah seine Frau liebevoll an, die zum ersten Mal, seit das Gespräch auf die Möglichkeit der Emigration gekommen war, einem solchen Unterfangen zugestimmt hatte. Wie schwer musste sich seine Frau damit getan haben.

Die Entscheidung

Das Jahr 1936 hatte begonnen, wie das Jahr 1935 aufgehört hatte, weder hatten Katharina und Paul die Ausnahmegenehmigung zur Heirat bekommen, noch war es Günter Wegener gelungen, einen Käufer für sein Unternehmen zu finden, der bereit gewesen wäre, einen angemessenen Preis zu bezahlen. Oskar Herlemann, der von Günter Wegener eingesetzte Geschäftsführer, war inzwischen in die NSDAP eingetreten und hatte Günter Wegener mehrfach auf subtile Weise bedroht und unter Druck zu setzen versucht. Immer wieder hatte er in Anspielung auf die Nürnberger Rassegesetze Günter Wegener Blicke und Handlungen gegenüber Mitarbeiterinnen unterstellt, die zu harten Strafen bei Anzeige geführt hätten. Alleine die Tatsache, dass Oskar Herlemann nach wie vor auf die Zusammenarbeit mit seinem Arbeitgeber angewiesen war, hatte bislang Schlimmeres verhindert. Dennoch wähnte sich Oskar Herlemann nahezu unangreifbar und Günter Wegener musste sich eingestehen, dass er, wenn er nicht bald einen arischen Käufer für sein Unternehmen finden würde, dieses wohl doch an den Intriganten verkaufen müsste.

Marianne Wegener hatte sich zunehmend zurückgezogen und Günter Wegener hatte den Versuch, sie gerade in dieser Trauerphase in die Familie stärker einzubinden, aufgegeben.

Ihre Entscheidung zu respektieren war ihm nicht leicht gefallen, aber er hatte auch gesehen, dass sie ihm keine andere Wahl ließ.

Paul, der mit Katharina den mittlerweile dritten Antrag beim Frankfurter Standesamt gestellt hatte, war angesichts der unverschämten Ignoranz der städtischen Beamten, die mit bösartigen Bemerkungen bezüglich der Heiratsabsichten der beiden jungen Menschen nicht sparsam umgingen, restlos desillusioniert und Katharina hatte ihre liebe Mühe, den geliebten, fröhlichen Menschen wenigstens hin und wieder zum Vorschein zu bringen. „Mach dir nichts daraus", hatte sie Paul immer wieder gesagt. „Und wenn wir noch hundert Anträge stellen müssen und uns zweihundert Mal diesen Unsinn anhören dürfen, irgendwann können sie uns einfach nicht mehr ablehnen. Und wenn sie uns bis zur Auswanderung ablehnen, dann heiraten wir eben in der neuen Heimat."

„Aber wir bekommen leichter ein gemeinsames Visum, wenn wir verheiratet sind", wandte Paul in solchen Gesprächen nicht gänzlich unberechtigt ein.

Seine größte Freude blieb nach wie vor das Fußballspiel in seiner Mannschaft, Klaus Heise hatte Wort gehalten und ihn immer wieder geschützt. Auf dem Platz verstanden sich Gerd und Paul weiterhin gut, auch wenn Paul mit Gerds politischen Ansichten immer weniger übereinstimmte. Die nahezu vollständige tägliche Indoktrination durch die gleichgeschaltete

Presse hatte ihre Wirkung getan, die wenigen verbliebenen kritischen Geister, sofern sie nicht ohnehin aus den Redaktionen entfernt worden waren, wurden stumm und schrieben allenfalls alltägliche Banalitäten. Die ständige Angst vor Denunziation und Willkür lag wie Blei über Stadt und Land, zumindest über denjenigen, die den neuen Herren distanziert und kritisch gegenüberstanden. Um so mehr Aufwind hatten Uniformträger aller Art, die sich nahezu überall breitmachen konnten und durften. Die Familien wurden mehr und mehr zum Rückzugsort, zur einzigen Möglichkeit, angstfrei eine Meinung äußern zu können. Nicht einmal das war in einigen Familien mehr möglich. Auch Gerd war nicht gänzlich unbeeinflusst geblieben und so hatte sich die Freundschaft der beiden unmerklich verändert und war einer distanzierteren Freundlichkeit gewichen. Gemeinsame Treffen waren seltener geworden und Paul war dies nicht unlieb, so blieb ihm die eine oder andere Auseinandersetzung erspart. Während der Saison trainierte die Mannschaft an drei Tagen in der Woche und Paul fühlte sich in dieser Zeit fast normal, so als gäbe es keine Nationalsozialisten, keinen Judenhass, keine Schilder „Für Juden verboten" und keine Vorurteile. Die wenigen Bemerkungen einiger Mannschaftskameraden hatte Klaus Heise rasch unterbunden, die Konzentration auf Training und Spiel ließ ohnehin keinen Raum für ausufernde Diskussionen. Um so härter traf es ihn, dass er bei einem Freundschaftsspiel gegen die dritte Mannschaft der Offenbacher Kickers derart stark verletzt wurde, dass er für vier Wochen ausfiel.

Auch in Frankfurt hatte sich die Macht der Nationalsozialisten im Jahr 1936 zunehmend konsolidiert, politischer Widerstand war kaum mehr möglich und die verbliebenen Kritiker, sofern nicht ohnehin nach Dachau oder in das neu errichtet Konzentrationslager Sachsenhausen bei Oranienburg verbracht, waren öffentlich mundtot gemacht worden. Im Frühsommer 36 war zudem Juden der Besuch öffentlicher Schwimmbäder verboten worden und das Strandbad Niederrad als Judenbad freigegeben worden. Wieder einmal waren Katharina und Paul beim Standesamt vorstellig geworden und hatten einen Antrag auf Genehmigung der Heirat gestellt. Ausnahmsweise hatte der Standesbeamte, diesmal ein älterer, kurz vor der Pensionierung stehender Beamter, keine abfälligen Bemerkungen gemacht und den Antrag der beiden jungen Menschen ohne einen weiteren Kommentar entgegen genommen.
„Was meinst du Paul, der wirkte ja schon fast freundlich. Glaubst du, wir kommen diesmal durch?“
„Ich weiß nicht“, erwiderte Paul. „Ich hatte den Eindruck, dass der Beamte uns sogar ein wenig wohlgesonnen war. Vielleicht haben wir ja auch mal Glück, es wäre zu schön um wahr zu sein.“

Paul hätte seine Katharina am liebsten in den Arm genommen, unterließ das aber tunlichst. Die Nürnberger Rassegesetze hatten jeglichen sexuellen Kontakt zwischen Juden und Nichtjuden, sofern nicht verheiratet, unter Strafe gestellt und in Frankfurt waren mehr als einmal jüdische Männer unter dem Vorwand, sie hätten deutsche Frauen unsittlich angeblickt, zu harten Strafen verurteilt worden. So bewegten sich Katharina und Paul in der Öffentlichkeit möglichst unauffällig und versuchten, alles zu vermeiden, was die Aufmerksamkeit eines arischen Herrenmenschen hätte erregen können. Es war schon erstaunlich, welche Verwandlungen Menschen durchmachen konnten, denen ein Amt und eine Uniform gegeben wurde, mochten diese dem Außenstehenden auch noch so merkwürdig oder unsinnig erscheinen. Selbst die Eintracht hatte, wie andere Sportvereine auch, einen Vereinsdietwart zur Hebung der nationalsozialistischen Moral und Reinheit bekommen. Mit Hans Söhngen hatte ein SA-Mann die Führung der Eintracht übernommen, der sich bemühte, die Eintracht in einen arischen Verein zu verwandeln. Immerhin hatte die anstehende Olympiade 1936 in Berlin das offen judenfeindliche Klima in Deutschland etwas zurückgedrängt, hatte doch die Führung des Deutschen Reiches das Interesse, sich dem Ausland auf bestmögliche Weise zu präsentieren.

„Mach dir bloß nichts vor“ , hatte Kathi ihrem Paul gesagt, „das ist ein rein taktisches Manöver der Herren. Du wirst sehen, kaum ist die Olympiade vorbei, wird es eher noch schlimmer. Aber vielleicht haben wir ja in dieser Zeit etwas Glück und unser Heiratsantrag geht doch durch. Sozusagen als vorolympisches Bonbon. Vielleicht hat ja unser Standesbeamter noch einen kleinen Rest von Gewissen behalten und nutzt die Zeit."

Einige Wochen später, die Olympiade hatte mit dem Olympiasieg der Eintrachtlerin Tilly Fleischer im Speerwurf begonnen, hatte Günter Wegener die Familie zum Abendbrot versammelt.
„Ich muss euch etwas sagen", hob er an. „Ich habe dem Herlemann jetzt doch die Firma verkauft, unter Wert, ich weiß, aber ich fürchte, wir werden keinen besseren Käufer finden. Und je länger das dauert, um so weniger werden wir erzielen. Ich möchte euch folgenden Vorschlag machen. Ich nutze die gute Zeit während der Olympiade, nehme den Verkaufserlös und gehe über die grüne Grenze in die Schweiz. Wenn ich dort angekommen bin, sende ich euch dann eine Nachricht. Dir, Else kann vorerst ohnehin nichts passieren, du weißt von diesem Plan natürlich nichts. Und du, Paul, auch nicht. Ich habe euch nicht eingeweiht und bin einfach abgehauen und habe meine Familie im Stich gelassen. Das passt gut in das Bild, das die Arier von uns verantwortungslosen Juden haben. Du, Paul, versuchst mal mit deinem Fußballverein und deiner

Mannschaft auf ein Gastspiel ins Ausland zu kommen, wenn das in diesem Jahr nicht mehr klappen sollte, musst du halt einen Ausreiseantrag stellen. Zur Not auch erst mal alleine, wenn das mit der Heirat vorher nicht klappt. Bemühe dich also sicherheitshalber schon bald um ein Visum, ich schlage Kenia vor. Währenddessen kann Mutter versuchen, unser Haus zu verkaufen und einen einigermaßen angemessenen Preis zu erzielen. Den Erlös hinterlegt ihr auf einem Treuhandkonto bei unseren Anwälten. Die Ausreise sollte für dich, Else, kein Problem darstellen, für deine Katharina auch nicht. Vielleicht geht ihr über Italien, das ist weniger auffällig, als über die Schweiz. In Kenia treffen wir uns dann alle wieder. Dort gibt es einen jüdischen Unterstützungsverein, der sich um die Integration von Emigranten kümmert. Mit unseren Berufen haben wir sicher bessere Chancen, als Rechtsanwälte und Buchhalter, gute Schneider werden überall in der Welt gebraucht."

Else Wegener sah ihren Mann erstaunt und ein wenig erschrocken an.

„Über die grüne Grenze in die Schweiz, ist das nicht zu gefährlich? Was, wenn sie dich schnappen?"

„Du weißt genau, liebe Else, dass die uns bei einer legalen Ausreise nahezu alles nehmen werden. Wenn die Reichsfluchtsteuer bezahlt ist, werden die den verbleibenden Rest konfiszieren und hier auf ein Sonderkonto legen. Ob wir dann aus dem Ausland auf unser Vermögen zugreifen können, das wäre dann noch die große Frage. Wenn wir unseren Neustart in Kenia nicht am Punkt Null anfangen möchten, dann sehe ich kaum eine Alternative."

„Günter, ich mache mir Sorgen um dich. Das sieht doch sehr gewagt und gefährlich aus. Wie bist du denn auf diese Idee gekommen?"

„Ich habe jemanden kennengelernt, der bringt gegen Bezahlung Menschen in die Schweiz. Ich sage euch nicht wo und wen, ihr wisst einfach von nichts. Die Bezahlung ist ordentlich, aber immer noch weniger als die Reichsfluchtsteuer."

„Ich weiß nicht", Else Wegener schüttelte den Kopf. „Günter, ich habe zum ersten Mal im Leben richtig Angst. Wenn sie dich schnappen, dann sperren die dich ein, für lange Zeit. Willst du das Risiko wirklich eingehen?"

„Ach Else", Günter Wegener sah seine Frau liebevoll an. „Ich habe mir das lange und gut überlegt. Uns bleiben ja nicht so viele Alternativen und hier haben wir keine Zukunft mehr. Das Risiko gefasst zu werden ist gering, mein Vertrauensmann hat das schon mehrfach gemacht und ist jedes Mal wieder heil zurückgekommen. Er hat dabei nicht schlecht verdient, wird aber sicher wegen Geld kein zu hohes Risiko eingehen. Und wir können in Kenia ein neues Leben anfangen, ohne ganz am Punkt null zu stehen. Das ist das kleine Risiko, das ich eingehen werde, schon wert."

Paul sah seinen Vater nachdenklich an.

„Meinst du, ich kann Katharina schon einweihen? Oder soll ich warten, bis du in der Schweiz bist?"

„Mir wäre es lieber, du würdest Katharina einweihen, wenn ich drüben bin. Sie soll sich nicht unnötig Sorgen machen, es reicht schon, dass ihr euch Sorgen macht."

„Mhm, ich weiß nicht so richtig. Katharina hat aufgrund ihrer politischen Vergangenheit noch einige Kontakte zu Kollegen, die vertrauenswürdig sind. Vielleicht könnte sie den einen oder anderen Tipp bekommen."

„Besser nicht, Paul. Jeder potenzielle Mitwisser ist ein Mitwisser zu viel und in diesen Zeiten weiß niemand mehr wirklich, wo der andere steht."

„Und woher willst du wissen, dass dein Gewährsmann, der dich sicher in die Schweiz bringen soll, nicht ebenfalls in Wirklichkeit ein Agent und Spitzel ist?"

„Er ist selbst auch Jude, wurde von den Nazis aus der Universität entfernt und hat in Dachau sechs Monate gesessen. Er ist absolut glaubwürdig."

Paul sah den Vater zweifelnd an.

„Das Risiko scheint mir groß zu sein. Siehst du wirklich keine andere Möglichkeit, als diesen Weg?"

„Ja Paul, leider sehe ich keine Alternative, jedenfalls keine, die mir gefallen könnte. Das Risiko ist überschaubar, wenn es klappt, dann haben wir einen guten Start in ein neues Leben."

Paul wusste, er würde seinen Vater kaum umstimmen können und auch Else Wegener kannte ihren Mann gut genug, als dass sie zu diesem Zeitpunkt den Versuch unternommen hätte, seine Meinung zu beeinflussen. Wenn Günter Wegener sich etwas vorgenommen hatte, dann zog er das in aller Regel auch durch. Und in der Vergangenheit war die Familie mit seinen Entscheidungen zumeist gut gefahren. Gänzlich unlogisch klangen seine Überlegungen auch nicht und Paul musste sich insgeheim eingestehen, dass er lieber das Risiko auf sich genommen hätte, als den Vater gehen zu lassen. Aber der Vater würde einen solchen Vorschlag von vornherein ablehnen, auch da war Paul sich sicher. Allerdings sah der Vater die Chancen auf ein Gastspiel im Ausland deutlich zu optimistisch. Selbst die erste Mannschaft hatte in den Jahren, seit Hitler an die Macht gekommen war, keine Freundschaftsspiele im Ausland mehr ausgetragen, völlig undenkbar, dass dies ausgerechnet der zweiten oder dritten Mannschaft in diesem Jahr gelingen sollte. Aber der Vater hatte eben vom Fußball wenig Ahnung und Paul sah ihm diese Schwäche gerne nach.

In den kommenden Woche war Günter Wegener vollauf mit der Organisation seiner Flucht, die bereits in wenigen Tagen erfolgen sollte, beschäftigt. Er hatte sich auf Anraten seines Gewährsmannes eine komplette Wanderausrüstung besorgt, die beiden wollten sich als normale Sommerfrischler bereits einen

Tag vor dem geplanten Grenzübertritt ein Zimmer in einem deutschen Dorf nahe der Schweizer Grenze nehmen. Der Gewährsmann hatte Günter Wegener versprochen, dass er ein Ruderboot zur Überquerung des an dieser Stelle nicht sehr breiten Rheins östlich von Hohentiengen versteckt hatte, an dieser Stelle sei der Rhein gut überquerbar. Von dort aus seien es noch etwa fünfzehn Kilometer bis ins nächste Schweizer Dorf, dann wäre er in Sicherheit. Die olympischen Spiele sollten vom 1. bis zum 16. August dauern und Günter Wegener hoffte darauf, dass in dieser Zeit die Grenzkontrollen weniger scharf wären, als zu anderen Zeiten. Am Morgen des 10. August 1936 verabschiedete sich Günter Wegener von seiner Familie.

„Macht euch keine Sorgen, in vier, fünf Tagen habt ihr einen Brief von mir, gerade jetzt ist es doch einfach zu gehen."

Günter Wegener, der Abschiede hasste, versuchte es seiner Familie zu erleichtern und wenigstens den Anschein eines normalen Ausflugs zu wecken.

„Ich gehe alleine zum Bahnhof, wir sehen uns ja bald wieder. Ich werde das schon schaffen. Schließlich habe ich im Leben schon Schlimmeres, als eine Rheinüberquerung erlebt."

Else Wegener hatte Tränen in den Augen und Paul sah ihr an, dass sie den Vater am liebsten zurückgehalten hätte. Er berührte seine Mutter kurz am Arm.

„Das wird schon, Mutter. Vater hat so vieles im Leben richtig gemacht und gemeistert, er wird auch diesmal das Richtige tun."

„Ich weiß doch Paul, lässt du mich mit Vater noch einmal kurz alleine?"

Am darauf folgenden Tag traf Paul seine Katharina.

„Paul, was ist los? Ich sehe dir doch an, dass du etwas auf dem Herzen hast."

Paul war es noch nie gelungen, seine Gefühle gegenüber Katharina längere Zeit zu verbergen.

„Ich muss dir etwas sagen, Katharina. Vater ist auf der Flucht. Er versucht jetzt, in die Schweiz zu kommen und wenigstens einen kleinen Teil unseres Vermögens vor den Nazis zu retten. Wir sollen im Laufe dieses Jahres nachkommen."

Katharina war vor Zorn hochrot angelaufen.

„Und das sagst du mir erst jetzt? Seit wann weißt du von dem Plan deines Vaters?"

„Auch erst seit ein paar Tagen. Genauer seit dem ersten Tag der Olympiade. Er hat Mutter und mich auch vor vollendete Tatsachen gestellt, aber sein Plan hat Hand und Fuß. Er hat sich das alles gut überlegt. Und er hat einen erfahrenen Fluchthelfer. Wenn es geklappt hat, soll Mutter im Laufe des Jahres unser Haus verkaufen, du und Mutter, ihr könnt ja legal beispielsweise nach Italien reisen. Und ich werde, falls wir dann noch nicht verheiratet sind, alleine einen Ausreiseantrag stellen. Wir treffen uns dann alle in Kenia wieder, dort gibt es eine Organisation, die jüdischen Flüchtlingen bei der Eingliederung hilft."

„Und was passiert, wenn dein Vater trotz Fluchthelfer geschnappt werden sollte?" Katharina wirkte immer noch aufgebracht, zugleich aber sorgenvoll und Paul hätte sie am liebsten in den Arm genommen, aber die Erfahrung hatte ihn gelehrt, dass er das in dieser Stimmung besser bleiben lassen sollte.

„Das ist ganz wichtig. Wir, also Mutter, du oder ich, wir wissen von nichts. Vater hat lediglich nach dem Verkauf der Firma einige Tage in die Sommerfrische fahren und neue Kräfte tanken wollen. Die Nazis halten uns Juden ja ohnehin für unzuverlässig und egoistisch, nur an uns selbst denkend, da passt ein solches Verhalten, ohne Rücksicht auf die Familie, doch gut ins Bild. Keiner von uns weiß etwas. Marianne ist übrigens nicht eingeweiht, ihr gegenüber hatten wir von Anfang an die Aussage getroffen, dass Vater einige Tage in die Sommerfrische fährt."

„So, dann habt ihr also eure Entscheidungen längst getroffen und umgesetzt. Und mir bleibt nichts übrig, als das so zu akzeptieren. Ich finde das mir gegenüber nicht fair. Mach so etwas nie wieder, Paul. In Zukunft will ich alles, was für unser

Leben wichtig ist, rechtzeitig wissen und nicht vor vollendete Tatsachen gestellt werden. Versprichst du mir das?"

„Wir sind doch selbst von Vaters Initiative überrascht worden. Aber vermutlich hat Vater gedacht, dass wir, wenn wir längere Zeit über seinen Plan nachdenken, Angst bekommen und versuchen werden, ihn davon abzubringen. Und da hätte er noch nicht einmal Unrecht gehabt. Ich habe große Angst, dass ihm etwas passiert und kein gutes Gefühl im Bauch. Aber ich verspreche dir, dass ich dich niemals mehr so überraschen und vor vollendete Tatsachen stellen werde."

„Ich hoffe auch, dass es gut geht. Wenn die Nazis ihn schnappen, kommt er so schnell aus dem Zuchthaus nicht mehr heraus. Die wollen zwar die Juden loswerden, aber nicht das Geld und Vermögen der Juden. Das soll schön hier bleiben und arisiert werden. Bis wann, denkst du, wird sich dein Vater gemeldet haben, wenn alles geklappt hat?"

„Vater meint, dass wir spätestens in vier oder fünf Tagen Post bekommen werden. Er will den Brief aus der Schweiz mit einem fiktiven Absender schreiben, damit hier die Zensur keinen Verdacht schöpfen kann. Er hatte ja einige geschäftliche Kontakte auch in die Schweiz, das sieht unverdächtig aus."

Die nächsten Tage vergingen für Paul und Else Wegener quälend langsam. Die Zeit schlich müde vor sich hin und die wesentliche Abwechslung des Tages war das gemeinsame

Warten auf den Briefträger. Auch am fünften Tag war der erwartete Brief nicht in Frankfurt eingetroffen. Am sechsten und siebten Tag ebenfalls nicht. Else Wegener, die ihrem Sohn Unruhe und Bedrückung deutlich ansah, hatte darauf bestanden, dass er wenigstens ins Fußballtraining gehen sollte. Das würde zumindest für ein wenig Ablenkung sorgen. Die Olympiade war unterdessen mit einer pompösen Abschlussfeier zu Ende gegangen und die Nazis hatten sich propagandistisch perfekt inszeniert. Nicht wenige Pressestimmen des Auslands waren voll des Lobes für die perfekte Organisation der Spiele und die Gastfreundschaft. Goebbels konnte das Großereignis als propagandistische Großtat feiern. Dass zeitgleich mit dem Bau des Konzentrationslagers Sachsenhausen nahe Berlin begonnen worden war, entging der internationalen Presse. Auch am achten und neunten Tag nach der Abreise Günter Wegeners war der verabredete Brief nicht eingetroffen und Else Wegener begann zu überlegen, ob sie eine Vermisstenanzeige aufgeben sollte.

„Warte noch ein wenig, offiziell ist Vater doch in Sommerfrische, wenn wir jetzt die Anzeige aufgeben und er ist aus irgendwelchen Gründen noch unterwegs, dann riechen die Nazis doch Lunte“, hatte Paul eingewandt und Else Wegener musste zugeben, dass an Pauls Überlegung etwas daran war. „Aber komisch ist das schon, so gar nichts zu hören. Ich mache mir auch große Sorgen. Aber wir dürfen erst die

Vermisstenanzeige stellen, wenn der verabredete Zeitraum der Sommerfrische zu Ende ist, vorher nicht. Das hat uns Vater doch extra eingeschärft."

Einzig das Training und das sonntägliche Spiel lenkten Paul etwas von den täglichen Grübeleien, die sich in schlaflosen Nächsten zu wahren Scheckensgemälden ausweiteten, ab. Katharina hatte sich einige Tage Bedenkzeit ausgebeten und wollte alleine über die Situation nachdenken. Paul hatte gespürt, dass er dies würde akzeptieren müssen, noch war für die junge Frau der Vertrauensbruch nicht vollständig überwunden und es würde sicher noch einige Zeit ins Land gehen, bis seine Kathi das verkraften konnte. Er hatte sich geschworen, seine künftige Frau nie wieder vor eine solche Situation zu stellen.

Bis zum 24.8., so war verabredet worden, sollten Else Wegener und Paul still halten, am 25., also einen Tag nach dem offiziellen Rückkehrtermin konnte Else Wegener auf der nahe gelegenen Polizeiwache die Vermisstenanzeige stellen. Am Morgen des 25.8. machte sich Else Wegener bangen Herzens auf den abgesprochenen Weg. Es war ein hochsommerlicher, freundlicher Tag, die wenigen Passanten, denen Else Wegener begegnete, waren entsprechend gut und fröhlich gelaunt.

„Ich möchte eine Vermisstenanzeige aufgeben", der junge Wachtmeister sah Else Wegener an.

„Wen wollen sie denn als vermisst melden?"
„Meinen Mann, Günter Wegener, er wollte einige Tage in die Sommerfrische fahren und gestern zurück kommen. Bis heute haben wir nichts von ihm gehört."
„Nun, ein Tag Verspätung ist doch so ungewöhnlich nicht, das kommt schon mal vor."
„Aber nicht bei meinem Mann, er legt großen Wert auf Pünktlichkeit. Da ist bestimmt etwas passiert."
Man sah dem jungen Wachtmeister an, dass er wenig Lust verspürte, die Schreibmaschine in Gang zu setzen, um die erbetene Vermisstenanzeige aufzunehmen. Mit quälender Langsamkeit zog der Beamte ein Formular in die Maschine ein und zündete sich zunächst einmal in Ruhe eine Zigarette an.
„Dann wollen wir mal, Name, Vorname und Geburtsdatum ihres Mannes bitte."
„Günter Wegener, geboren am 16.1.1893 in Sinzheim."
„Religion?"
„Römisch-katholisch."
„Arier?"
„Nein, die Eltern meines Mannes sind Juden."
Mit aufreizender Langsamkeit zog der junge Wachtmeister das Formular aus der Maschine, zerknüllte es und warf den Papierball in hohem Bogen in einen zwei Meter entfernt stehenden Papierkorb.

„Und wegen so einem Saujuden behelligen sich mich hier, wohl auch Jüdin, was? Machen sie, dass sie hier rauskommen, sonst vergesse ich mich."
Else Wegener hatte es die Sprache verschlagen. Eine derartige Reaktion hatte sie nicht erwartet.
„Und was wird aus meinem Mann?"
„Ist mir doch egal, sollen die Juden verrecken. Wir wollen euch hier nicht, verstanden? Und jetzt raus. Sonst verhafte ich sie wegen Beamtenbeleidigung."

Wie benommen ging Else Wegener nach Hause, alles Mögliche hatte sie sich vorher ausgemalt, aber mit einer solchen Reaktion hatte sie nicht gerechnet. Der junge Wachtmeister war höchstens fünfundzwanzig gewesen, ein Alter, in dem Günter Wegener schon für Deutschland im Schützengraben gelegen und den Kopf für Kaiser und Vaterland hingehalten hatte. Und jetzt, nicht einmal ein Formblatt mehr für einen Mann, der so viel für sein Vaterland getan hatte und der an Deutschland hing, wie kein Zweiter. Das Leben ihres Mannes hatte für das neue Deutschland nicht den geringsten Wert mehr. Die Begegnung auf dem Revier dauerte nicht einmal fünf Minuten, doch Jahre später sollte Else Wegener bewusst werden, dass diese kurze Begegnung ihr Leben gründlich veränderte. Gründlicher als alles, was sie vorher erlebt hatte, einschließlich der harten Zeiten des ersten Weltkrieges und der üblen

Diskriminierungen der ersten Nazijahre. Noch überwogen allerdings der Schock und die Angst um ihren Mann füllte Else Wegener vollständig aus.

Paul sah der Mutter an, dass auf dem Revier etwas passiert sein musste. Er nahm die völlig erschöpft scheinende Frau liebevoll in den Arm.
„Setz dich erst einmal, ich hole dir ein Glas Wasser."
Als Paul aus der Küche zurückkam, hatte sich Else Wegener wenigstens so weit gefangen, dass sie ihrem Sohn berichten konnte, was vorgefallen war. Ihr von Schluchzen durchbrochener Bericht traf Paul, der sich kaum in der Lage sah, seine Mutter zu trösten. Verlegen legte er seine Hand auf die erschlaffte der Mutter. Stumm saßen beide nebeneinander und versuchten, ein jeder für sich, die Fassung zurückzugewinnen. Else Wegener spürte, dass sie stark sein musste, für sich selbst, aber auch für ihren Sohn, den einzigen.
Drei Tage später, Else Wegener hatte sich so weit gefangen, machte sie sich abermals auf den Weg, diesmal auf das Revier an der Konstabler Wache, um erneut den Versuch einer Vermisstenanzeige zu wagen. Noch immer war der ersehnte Brief aus der Schweiz nicht eingetroffen und Else und Paul sicher, dass dem Manne und Vater etwas passiert sein musste. Wenn die Grenzer Günter Wegener abgefangen hätten, dann wäre doch schon längst die Vorladung bei der Polizei oder

Gestapo erfolgt, schlussfolgerte Paul. Katharina war inzwischen von Paul informiert worden und versuchte vergeblich, etwas Trost zu spenden. Immerhin hatte der ältere Beamte an der Konstabler Wache wenigstens die Vermisstenanzeige aufgenommen und nicht gleich wieder in den Papierkorb geworfen, ein kleiner Hoffnungsschimmer für Else Wegener.

Mit Mühe hatte Paul wieder in den Alltag zurück gefunden, von den Mieteinnahmen konnten seine Mutter und er nicht leben und so hatte Paul wieder zu arbeiten begonnen. Der Alltag aus Arbeit und den Training, das Paul ebenfalls wieder aufgenommen hatte, brachte ihn ein Stück weit in die Normalität zurück. Wenigstens an einigen Stunden am Tage wurden die Sorgen überlagert und ein wenig zurückgedrängt. Es ging bereits auf Mitte September zur, als es Abends an der Wohnungstür der Wegeners klingelte. „Gestapo“, dachte Paul erschrocken, als er die beiden Gestalten in Ledermänteln vor der Tür stehen sah.
„Staatspolizei, sind sie Paul Wegener?“
„Ja“, Paul brachte kaum ein Wort heraus.
„Wir haben hier eine Vorladung für sie und ihre Mutter, Else Wegener. Bitte kommen sie mit aufs Revier, wir müssen mit ihnen reden.“
Die beiden Wegeners wurden im Fahrzeug der Gestapo in die Bürgerstrasse, dem berüchtigten Quartier der Frankfurter

Gestapo verbracht. Wer hier vorgeladen wurde, verließ häufig das Gebäude nicht mehr durch den Vordereingang. Im Revier wurden Paul und Else Wegener getrennt, während Paul in ein Dienstzimmer im Erdgeschoss verbracht wurde, musste Else Wegener in den ersten Stock mitkommen. Beim Abschied sah Paul, dass Else Wegener gefasst schien und sich innerlich auf alles vorbereitet hatte. Er bewunderte die Kraft seiner Mutter und hoffte zugleich, er würde auch standhaft bei der abgesprochenen Geschichte bleiben können. Die Verhörmethoden der Gestapo waren in Frankfurt nicht unbekannt geblieben und Paul bekam es mit der Angst zu tun.

Else Wegener war nach oben in ein karg möbliertes Schreibzimmer, mit drei Stühlen und einem Schreibtisch samt Schreibmaschine gebracht worden. Der Gestapomann hieß Else Wegener, sich zu setzen und auf die Aufnahme der Personalien zu warten. Die junge Frau, die kurz darauf das Zimmer betrat, war nicht älter als zweiundzwanzig, höchstens dreiundzwanzig Jahre und Else Wegener fragte sich, was diese dunklen Augen in diesem Gebäude wohl schon alles gesehen haben mochten.

„Name, Geburtsdatum, Geburtsort, Konfession, Rassezugehörigkeit“, die übliche Palette wurde abgefragt, dann betrat der erste Gestapomann wieder den Raum. Die Schreibkraft hatte den Raum derweil wieder verlassen und Else Wegener glaubte für einen Moment, einen Hauch von Mitleid in den Augen der jungen Frau bemerkt zu haben. Aber das konnte auch eine Täuschung sein.

„Frau Wegener, sie wissen, weshalb sie hier sind?“

„Ich vermute, wegen meiner Vermisstenanzeige. Mein Mann ist aus der Sommerfrische noch nicht nach Hause gekommen und nun seit einigen Tagen überfällig. Ich habe Angst, dass ihm etwas passiert ist.“

„So, ihr Mann war also in der Sommerfrische. Wo war ihr Mann denn.“

„In Süddeutschland, nicht weit vom Bodensee. Er wollte ein wenig wandern gehen und sich ausruhen. Wir haben erst kürzlich unser Unternehmen verkauft und er wollte in Ruhe überlegen, wie es weiter gehen soll.“

„Ist das ihr Mann?“ Der Gestapomann hatte eine Fotografie aus der Schreibtischschublade gezogen und Else Wegener über den Tisch gereicht.

Else Wegener war erschrocken, ihr Mann hatte deutliche Verletzungen im Gesicht die nur von brutal ausgeführten Schlägen herrühren konnten.

„Mein Gott, was ist mit meinem Mann passiert?“ Die Fassungslosigkeit war echt, noch nie hatte Else Wegener ihren Mann in einem derart schlechten Zustand gesehen.

„Das tut jetzt wenig zur Sache, es handelt sich also zweifelsfrei um ihren Mann, können sie das bestätigen?“

„Ja, es ist mein Mann, nun sagen sie mir doch bitte, was passiert ist."

„Die Fragen stellen hier wir, nicht sie."

„Sie sind Deutsche arischer Abstammung? Seit wann verheiratet?"

„Wir haben vor dem Krieg geheiratet. Mein Mann war an der Front. Er hat das Eiserne Kreuz zweiter Klasse."

„Ihr Mann ist zuallererst Jude, das wussten sie doch."

„Natürlich, aber er ist mir zuliebe zum katholischen Glauben konvertiert. Mein Mann war nie sonderlich religiös."

„Fährt ihr Mann immer mit zwanzigtausend Reichsmark in die Sommerfrische?"

„Wie bitte?"

„Sie haben doch gehört, mit zwanzigtausend Reichsmark. Das dürfte auch für einen Juden eine ungewöhnlich hohe Summe sein, meinen sie nicht?"

„Von dem Geld wusste ich nichts." Else Wegener wunderte sich, wie leicht ihr plötzlich das Lügen fiel. Sie, die immer den größten Wert auf Ehrlichkeit und Aufrichtigkeit gelegt hatte, konnte plötzlich, ohne im geringsten rot zu werden, die absolut Unwissende spielen. „Wie doch die Zeiten die Menschen ändern können", dachte sie bei sich, verschwieg aber diesen Gedanken wohlweislich. Sie hoffte nur, dass es Paul ähnlich ergehen würde. Auf keinen Fall durften die es schaffen, die Familie gegeneinander auszuspielen. Innerlich sandte sie ein kurzes Stoßgebet zum Himmel und bat um Kraft für ihren Sohn.

„Sie behaupten also, sie hätten nichts von dem Geld gewusst? Ihr Mann hat uns gestanden, dass seine Familie in seine Fluchtpläne eingeweiht war. Hören sie also auf, uns so einen Unsinn zu erzählen. Sie machen die Lage nur bedeutend schlimmer."

„Um Gottes willen, nein, mein Mann wollte doch nicht fliehen. Er hat doch seine ganze Familie hier. Hätte er fliehen wollen, hätte er uns doch mitgenommen. Sie müssen sich irren. Für das Geld gibt es ganz sicher noch einen anderen Grund."

Der Gestapomann sah Frau Wegener durchdringend an.

„Wir kriegen die Wahrheit schon noch raus. Hier ist noch keiner mit einer Lüge raus gekommen. Abführen."

Der uniformierte Wärter brachte Else Wegener in den Keller, der mit Gefängniszellen ausgestattet war. Ihre Zelle hatte einen Stuhl, eine Waschschüssel und eine karge Pritsche ohne Decke. Die nackte Glühbirne an der Decke flackerte mitunter.

„Hinlegen verboten, setzen sie sich hin. Und nicht einschlafen. Wir sagen Ihnen, wenn sie sich hinlegen können."

Else Wegener setzte sich wie befohlen auf den Stuhl. Wie mochte es wohl Paul und ihrem Mann gehen. Die Angst um beide umkrampfte ihr Herz und drückte ihr den Hals so zu, dass sie das Gefühl hatte, kaum mehr atmen zu können. Sie war müde und hoffte, dass das Licht bald gelöscht und ein erholsamer Schlaf sie umfangen würde. Hin und wieder waren im Keller Schritte zu hören und eine Tür, vermutlich eine weitere Zellentür, wurden auf- und wieder zugeknallt. In einigen Abständen wurde die Klappe von außen geöffnet und einer der Wärter betrachtete die wartende Frau. Einmal, Else Wegener konnte nicht mehr einschätzen, wie viele Stunden vergangen waren, ertönte ein markerschütternder Schrei, so als wäre einer der Kellerinsassen übel misshandelt worden. Als nach einigen Stunden, so zumindest kam es ihr vor, das Licht immer noch nicht gelöscht worden war, beschloss sie, aufzustehen und sich ein wenig auf die Pritsche zu legen. Else Wegener schloss die Augen und versuchte ein wenig zu schlafen, was aber angesichts der flackernden Glühbirne nur schwer gelingen wollte.

„Sofort aufstehen", unbemerkt hatte der Wärter die Sichtklappe geöffnet und in den Raum hinein gebrüllt.

„Das nächste Mal komme ich rein, dann wird es für sie ungemütlich. Also sitzen bleiben und warten. Wir sagen ihnen, wann sie schlafen dürfen."

Als Else Wegener nach einer gefühlten halben Ewigkeit, in Wirklichkeit waren nur fünf Stunden vergangen, erneut in das Verhörzimmer geführt wurde, fielen ihr die Augen vor Müdigkeit fast zu. Der Gestapomann, der sie vorher verhört hatte, war durch einen anderen ersetzt worden, der sie abermals durchdringend anblickte. Er hatte das bereits bekannte Formular schon in die Schreibmaschine eingezogen.

„Vorname, Name, Geburtsdatum und -ort, Religion, Rasse."
„Das habe ich ihnen doch gestern schon gesagt."
„Schnauze, sie haben hier gar nichts zu sagen, beantworten sie einfach meine Fragen."
„Else Wegener, geboren am 22.4.1898 hier in Frankfurt, römisch-katholisch, deutsch."
„Deutsch ist keine Rasse, sind sie arisch oder nichtarisch?"
„Soweit ich weiß, arisch."
„Wenn sie arisch sind, wieso heiraten sie dann einen Juden und erzeugen einen Bastard? Haben sie denn keinen Anstand?"
„Mein Sohn ist kein Bastard und mein Mann ist so deutsch, wie sie und ich. Er war im Krieg und hat wegen Tapferkeit das eiserne Kreuz zweiter Klasse erhalten." Else Wegener war vor Zorn und Müdigkeit hochrot angelaufen. Unbemerkt war der Uniformierte hinter sie getreten und hatte ihr bei diesen Worten mit einer reitpeitschenähnlichen Gerte einen schmerzhaften Schlag versetzt.
„Frau Wegener, hüten sie ihre Zunge und überlegen sie, was sie sagen. Wir können auch anders. Also noch einmal, Vorname, Name, Geburtsdatum und -ort, Religion, Rasse."
„ Else Wegener, geboren am 22.4.1898 hier in Frankfurt, römisch-katholisch, arisch."
„Schon besser. Sind sie müde?"
„Ja, sehr, ich konnte überhaupt noch nicht schlafen."

„Sie können sofort schlafen, wenn sie mir das hier unterschreiben."
Der Gestapomann reichte ihr ein bereits mit Schreibmaschine ausgefülltes Blatt über den Tisch. „Protokoll der Vernehmung der Person Else Wegener" stand als Überschrift oben.
Else Wegener wurde blass.
„Das ist ja ein Geständnis. Paul und ich sollen von den Fluchtplänen des Vaters gewusst haben? Wie kommen sie auf so einen Unsinn. Mein Mann wollte garantiert nicht fliehen, seine Familie war ja noch in Deutschland. Das unterschreibe ich nicht, das entspricht in keiner Weise der Wahrheit."
„Ihr Sohn hat uns da etwas anderes erzählt, Frau Wegener. Und ihr Mann auch. Beide sind geständig. Machen sie es sich doch nicht so schwer. Wenn sie jetzt das Geständnis unterschreiben, dann fällt die Strafe milder aus, als wenn sie weiterhin stur auf ihrer Lüge beharren."
„Nein, das unterschreibe ich nicht, das entspricht nicht der Wahrheit und sie wissen das auch."
Der Gestapomann blickte sie an, für einen kurzen Moment glaubte Else Wegener, einen Hauch an Zweifel in seinen Augen zu erkennen, aber sie war viel zu müde und schalt sich innerlich eine Närrin, wenn sie auf Verständnis ausgerechnet der Gestapo hoffen würde.
„Abführen, die Frau bleibt in Haft."

Wieder wurde Else Wegener in die ihr bekannte Zelle verbracht und befohlen, auf dem Stuhl sitzen zu bleiben. Der Rücken, der mit dem harten Schlag malträtiert worden war, schmerzte und sie hatte das Gefühl, verschwitzt und ungepflegt einen abartigen Geruch auszuströmen. Was hätte sie für ein Vollbad gegeben. Aber daran war in der Zelle nicht zu denken, nicht einmal die Waschschüssel war mit Wasser gefüllt. Ihr Mund fühlte sich trocken an und Else Wegener fragte sich, wie lange ein Mensch ohne einen Schluck Wasser zu trinken, wohl würde aushalten können. Waren es Tage? Oder gar Wochen?
Wieder schien eine unendlich lange Zeit zu vergehen. Else Wegener hörte, wie ein offensichtlich lebloser Körper über den Flur an ihrer Zelle vorbei geschleift wurde. „Hoffentlich geht es Paul gut." Bei dem Gedanken an ihren Jungen krampfte sich ihr Herz zusammen. Was, wenn sie den Jungen genau so foltern, wie ihren Mann. Dass ihr Mann gefoltert worden war, daran hatte Else Wegener keinen Zweifel, zu offensichtlich die Verletzungen auf dem ihr gezeigten Foto. Nein, ihr Mann war bei der abgesprochenen Geschichte geblieben, da war sich Else Wegener sicher, hatte er doch im Trommelfeuer vor Ypern gelegen, hatte Giftgasangriffe und Schmerzen aller Art überstanden, einschließlich einer mittelschweren Verwundung. Diesen Mann konnten auch die Nazis nicht brechen. Aber Paul, was war mit ihrem Jungen? Konnte er dem Druck und den Lügen standhalten? Else Wegener war sich sicher, dass sie

Paul ebenfalls die Geschichte von den Geständnissen vorgelegt hatten. Hatte Paul genügend Vertrauen in seinen Vater und seine Mutter? Würde er auch Schläge und Folter aushalten? Würde er den Lügen und Intrigen der Nazis widerstehen können? Else Wegener, die in den vergangenen Jahren allenfalls zu Weihnachten in die Kirche gegangen war, begann zu beten.

Das Leben geht weiter

So überraschend, wie die plötzliche Verhaftung über Else Wegener hereingebrochen war, so überraschend war auch ihre Freilassung erfolgt. Nachdem zwei weitere Verhöre über sie ergangen waren, wurde plötzlich die Kerkertür geöffnet und die Frau ins Freie gelassen, nicht ohne zuvor ein Formular zu unterzeichnen, dass sie unter Strafandrohung bei Bruch der Vereinbarung zum Stillschweigen verpflichtete. Der Spätsommer hatte sie mit warmen Sonnenstrahlen empfangen und Else Wegener hatte große Mühe, auf dem Fußweg nach Hause, nicht zu stolpern und hinzufallen. Die Erschöpfung stand der blassen Frau ins Gesicht geschrieben und verstohlen hatte sich der eine oder andere Passant nach ihr umgedreht, ohne ihr allerdings Hilfe auf dem Nachhauseweg anzubieten.

Drei Tage nach Else Wegener war auch Paul aus der Haft entlassen worden und stand abends überraschend in der Tür der gemeinsamen Wohnung. Else Wegener hatte kein Wort heraus gebracht und ihren Sohn lange in den Arm genommen, so lange, wie seit den frühen Kindertagen nicht mehr. Paul hatte nicht viel gesagt, auch er war, wie von Else Wegener erwartet, mit Lügengeschichten von angeblichen Geständnissen der Mutter und des Vaters konfrontiert worden und bei der abgesprochenen Geschichte geblieben. Else Wegener hatte nicht gewagt ihren Jungen zu fragen, ob er auch misshandelt worden war und hatte ihrerseits keinen Ton davon gesagt. Es herrschte eine stillschweigende Übereinkunft zwischen Mutter und Sohn, über diese Tage kein Wort mehr zu verlieren. Viel wichtiger wurde es, heraus zu bekommen, wo der Vater war und wie man ihm helfen könnte. Die finanziellen Möglichkeiten der Familie waren nun ausgesprochen beschränkt, aber die Kanzlei Hermannstein & Fraenkel hatte Else Wegener versprochen, in diesem Rahmen das Bestmögliche für die Familie zu tun. Paul hatte seine Arbeit wieder aufgenommen, so dass, zusammen mit den kargeren Mieteinnahmen, ein sparsames Leben möglich war, das auch die Anwaltshonorare abdecken konnte. Zwei Wochen nach der kurzen Haftzeit hatte Paul beschlossen, das Training wieder aufzunehmen. Die neue Saison stand vor der Tür und Klaus Heise dürfte sich gefragt haben, wo Paul geblieben war. Das Fußballspiel würde ihn ablenken und auf andere Gedanken bringen.

Als Paul am Riederwald eintraf, war Klaus Heise schon vor Ort.
„Paul, ich muss mit dir reden."
„Ja, gerne."
„Paul, sag mir erst mal, was vorgefallen ist. Du warst zwei Wochen nicht im Training und hier gab es einen mittleren Aufstand."

Paul war geschockt, hatte sich etwa seine Verhaftung bis zur Mannschaft herumgesprochen?

„Ich muss dir leider etwas sagen. Sie haben meinen Vater verhaftet, angeblich wegen eines illegalen Grenzübertritts und Devisenvergehen. Mich haben sie auch mitgenommen, nach vier Tagen aber wieder gehen lassen."

„Das erklärt es. Ich bin hier zu Söhngen, unserem Vereinsführer zitiert worden. Du weißt, der Söhngen ist ein SA-Mann. Der hat von Anfang an erklärt, die Eintracht zu einem arischen Verein machen zu wollen. Söhngen hat angeordnet, dass du mit sofortiger Wirkung vom Training und Spielbetrieb suspendiert und aus dem Verein ausgeschlossen wirst. Juden und Halbjuden seien unerwünscht. Ich habe Söhngen gesagt, dass ich nichts von deiner Rassezugehörigkeit wusste. Und die Mannschaft auch nicht. Das hat ihn zumindest so weit beruhigt, dass er keine weiteren Untersuchungen mehr anstellen wollte. Aber das Risiko, dich hier weiter spielen zu lassen, können wir nicht eingehen. Wir kommen sonst noch in des Teufels Küche."

Paul war vor den Kopf geschlagen, mit allem hatte er gerechnet, aber nicht mit einem Ausschluss aus dem Verein, dem er nun schon so viele Jahre angehörte. Natürlich war ihm die Stuttgarter Erklärung bekannt, auch die offiziell vorgenommenen Änderungen an der Vereinssatzung. Aber im Kreis der Mannschaft fühlte sich Paul geachtet und von den Kameraden gedeckt

„Und ich hatte schon Angst, dass einer von den Jungs aus der Mannschaft dich verpfiffen hat. Wenigstens das nicht. Dann hat die Polizei beim Verein vorgesprochen. Würde mich nur interessieren, woher die wussten, dass du bei uns spielst. Paul hör zu. Ich kann dich nicht weiter trainieren und spielen lassen, du stehst zu sehr unter Aufsicht. Aber hör mir jetzt genau zu. Ich habe dir hier die Adresse eines guten Freundes aufgeschrieben. Nimm den Zettel mit, aber vernichte ihn, sobald du die Adresse im Kopf hast. Falls du mal fliehen oder abtauchen musst. Er ist absolut zuverlässig und hat oben auf dem Dachboden eine Möglichkeit, dich unterzubringen. Vernichte also rasch den Zettel, der darf niemandem in die Hände fallen."

Paul schluckte.

„Klar, mache ich und danke für den Kontakt. Ich hoffe, ich werde ihn nie brauchen. Und ewig kann dieser Spuk ja auch nicht dauern."

„Paul, sicher ist sicher. Du hast jedenfalls den Kontakt und weißt, wo du dich hinwenden kannst. Wenn du untertauchen musst, wird mein früherer Klassenkamerad mich informieren, ich kümmere mich dann auch um dich. Aber außer uns darf niemand davon wissen. Auch Gerd nicht. Ist das klar?"

Paul war wie benommen. Der Rückweg gestaltete sich länger als üblich und Paul hatte das Gefühl, dass ihm soeben der Boden unter den Füßen weggezogen worden war. Sein Verein hatte ihn einfach rausgeworfen. Als unerwünschtes Element klassifiziert und entfernt. Einfach so. Natürlich wusste Paul, dass es zuvor auch anderen schon so gegangen war. Menschen, die wie Hugo Reiss öffentlich an der Spitze des Vereins standen. Aber ihn, den kleinen Fußballspieler aus der zweiten Mannschaft? Damit hatte er wirklich nicht mehr gerechnet und es war in den Jahren seit 33 bislang auch gut gegangen. Wie naiv war er gewesen, als er glaubte, dass wenigstens seine Mannschaft, sein Verein zu ihm stehen würden? Nicht offiziell natürlich, aber wie bisher unter der Hand. Am liebsten hätte er seine Fußballschuhe direkt in die Ecke gepfeffert, aber momentan waren zu viele neugierige Passanten auf der Straße, da schien ihm eine solche Reaktion wenig sinnvoll. Am Ende würde er noch wegen ungebührlichen öffentlichen Verhaltens wieder in Haft müssen, bald würden die nicht mal mehr einen Haftgrund brauchen um Menschen einzusperren.

Mit dieser Fülle trüber Gedanken war Paul in der Lindenstraße angekommen. Else Wegener sah ihrem Sohn sofort an, dass etwas passiert sein musste. Er war viel zu früh nach Hause gekommen und sein Gesicht sprach Bände.
„Paul, was ist los? Du siehst ja schrecklich aus."
„Ach Mutter, sie haben mich rausgeworfen. Einfach so, ich bin als Halbjude unerwünscht."

„Das verstehe ich nicht, ich dachte, ihr würdet euch gut in der Mannschaft verstehen?"
„Von der Mannschaft geht das auch nicht aus, die Vereinsführung wurde vermutlich von der Polizei informiert. Der Söhngen hat den Heise zitiert und mein Mannschaftsführer musste mich aus der Mannschaft entfernen. Von der Mannschaft her hat keiner was gesagt, auch Gerd nicht, trotz der Parteizugehörigkeit. Aber Klaus konnte mich nicht mehr weiter decken, unmöglich."
Else Wegener wusste, was die Mannschaft und das Fußballspiel ihrem Jungen bedeutete.
„Ach Paul, ich koche uns jetzt erst mal einen schönen Kaffee und dann überlegen wir in Ruhe gemeinsam, wie es weiter gehen kann. Wir lassen uns nicht hängen, die machen uns nicht klein."
Als Else Wegener mit dem Kaffee aus der Küche zurückkehrte, hatte sich Paul einigermaßen beruhigt.
„Paul, das tut mir wirklich leid für dich. Du weißt ja, Vater und ich haben deine Fußballleidenschaft niemals so ganz verstanden, aber immer toleriert. Wir wussten ja, wie wichtig dir das Spielen war. Dir wird natürlich jetzt etwas fehlen. Kannst du dir denn vorstellen, bei einem anderen Verein zu spielen?"
„Ein anderer Verein, die wollen doch ebenso wenig Fußballer, die keine reinrassigen Arier sind."

„Und was hältst du von einem jüdischen Verein. Die gibt es doch in Frankfurt, so weit ich weiß.“
„Ach Mutter, ich bin mit Leib und Seele Eintrachtler, den Verein kann man nicht so leicht wechseln. Die Mannschaft, die über die Jahre gewachsene Kameradschaft, das zieht man nicht aus, wie ein gebrauchtes Hemd. Ich wollte immer bei der Eintracht spielen, schon als kleiner Junge. Im Park haben wir uns schon immer die Namen unserer Idole der ersten Mannschaft gegeben, wenn wir rumgebolzt haben.“
„Das verstehe ich schon, aber du kannst die Dinge ja nicht ändern. Der Klaus Heise wird diese Entscheidung nicht revidieren können und das Fußballspiel ganz aufgeben, das würde ich mir überlegen. Und zu warten, bis die Nazis weg sind, ist auch eine riskante Strategie. Die haben sich festgesetzt und für mich sieht das nicht so aus, als würden so schnell wieder freie Wahlen möglich sein, die das wieder ändern. Unter Umständen sind die noch lange an der Macht. Ich weiß jedenfalls, dass auch dein Vater dir geraten hätte, weiter zu spielen, und wenn es bei einem anderen Verein sein muss, dann ist es halt ein anderer Verein. Manchmal müssen wir die Dinge nehmen, wie sie nun gerade sind. Da hat es keinen Sinn, mit dem Kopf durch die Wand zu wollen. Da ist anpassen an die Gegebenheiten die bessere Strategie.“
Paul musste trotz seiner Traurigkeit lächeln, dass seine Mutter einmal zum entschiedenen Verfechter des Fußballspiels würde,

hätte er vor einigen Jahren sich auch nicht träumen lassen. „So ändern sich die Zeiten“, dachte er, behielt seinen Gedanken jedoch wohlweislich für sich. Vielleicht hatte seine Mutter ja recht und er sollte wirklich mal überlegen, ob er bei einem jüdischen Verein vorstellig würde. Aber vorerst war das zu früh, das brauchte seine Zeit.

„Ich denke mal darüber nach, Mutter. Gibt es etwas Neues vom Vater? Hat die Kanzlei sich gemeldet?“

„Leider nein, Paul, wir wissen immer noch nichts und ich weiß nicht, ob das eine gute oder eine schlechte Nachricht ist. Ich mache mir große Sorgen. Man hört so viel. Warum habe ich ihm diesen Plan bloß nicht ausgeredet?“

„Du kennst doch Vater. Wenn er sich etwas in den Kopf gesetzt hat, dann ist er schwer davon abzubringen. Und so ganz falsch war seine Einschätzung, dass wir auf legalem Wege fast unser gesamtes Vermögen verlieren würden und am Punkt Null anfangen müssten, ja nun wirklich nicht, wenn ich mir die Berichte und Erfahrungen aus der Quinkestraße anhöre.“

„Du warst noch mal da?“

„Ja, ich finde, wir sollten den Plan zur Auswanderung nicht begraben. Allerdings sollten wir das erst machen, wenn wir Vater frei bekommen haben.“

„Ohne Vater gehe ich hier auf keinen Fall weg, schön dass wir beide das so sehen. Gemeinsam fällt es leichter, hier für seine Freilassung zu kämpfen. Ich hätte es aber auch verstanden, wenn du und Katharina eine andere Entscheidung getroffen hätten, ihr seid noch jung und habt euer ganzes Leben vor euch."

„Nein Mutter, darüber hatte ich mit Kathi schon gesprochen und sie hat verstanden, dass ich erst dann weggehen möchte, wenn Vater mitkommen kann. Sie trägt diese Entscheidung mit, auch wenn wir keine Hoffnung mehr haben, dass unsere Heirat noch genehmigt wird. Dann heiraten wir eben im Ausland. Hast du schon überlegt, ob wir das Haus vorerst behalten oder sollen wir trotzdem verkaufen und uns erst mal eine Wohnung suchen?"

„Wir behalten das Haus erst einmal. Wir haben die Mieteinnahmen, zusammen mit deinem Gehalt kommen wir über die Runden und können versuchen, Vater zu unterstützen."

In den darauf folgenden Wochen waren Paul und Else Wegener zu beschäftigt, um einen Gedanken an Fußball und die Eintracht zu verschwenden. Hermannstein & Fraenkel hatten herausgefunden, dass dem Vater der Prozess in Frankfurt gemacht würde und Else Wegener hatte die Kanzlei beauftragt, die Verteidigung des Vaters zu übernehmen. Dabei hatten die Anwälte bislang noch nicht einmal das Recht auf Akteneinsicht durchsetzen können und sie befürchteten, dass eine ordnungsgemäße Verteidigung unter diesen Bedingungen kaum möglich sein würde. Immerhin wusste die Familie nun, dass Günter Wegener lebte. Der Prozess sollte nicht öffentlich stattfinden, wie so viele Prozesse und der Ausgang war schwer vorher zu sagen. Die Justiz hatte sich in den vergangenen drei Jahren der Herrschaft Hitlers gewandelt und war in den Dienst des neuen Geistes getreten, was die Tätigkeit von Strafverteidigern nicht erleichterte. Immerhin waren weder Paul noch Else Wegener erneut vorgeladen worden und es sah für die Anwälte so aus, als würden Gestapo und Polizei glauben, dass beide nichts von den Plänen des Vaters gewusst hätten.

Katharina und Paul hatten beschlossen, sich nicht mehr in der Öffentlichkeit zu treffen. Auch die so geliebten gemeinsamen Spaziergänge am Main verkniffen sich die beiden, zu groß die Gefahr, dass Paul wegen Verstoßes gegen die Nürnberger Rassegesetze auch noch verhaftet werden würde. Der Rauswurf aus der Eintracht hatte dazu geführt, dass der freundschaftliche Kontakt zwischen Gerd und Paul nahezu abgerissen war, einmal noch hatte Gerd den Freund in der Lindenstraße besucht und ihm versichert, dass er nichts mit der Entfernung Pauls aus der Mannschaft zu tun habe. Paul hatte den Eindruck, dass Gerd letztendlich froh war, dass er sich nicht mehr mit seinem Vater auseinandersetzen musste und nahm das Gerd noch nicht einmal übel. Die Dinge waren nun einmal so, das ließ sich nicht ändern.

Bereits im Frühjahr 1936 hatte Hitler die Verträge von Locarno gekündigt und war im entmilitarisierten Rheinland einmarschiert. Im November 1936 hatte Deutschland nicht mehr nur mit Waffenlieferungen, sondern aktiv kämpfend mit der Legion Condor in den spanischen Bürgerkrieg auf der Seite der Putschisten eingegriffen. Das NS-Regime hatte somit dem Ausland, insbesondere Frankreich und England deutlich gemacht, was von Abmachungen und internationalen Verträgen mit dem neuen Deutschland zu halten war. Die wenigen verbliebenen kritischen Kräfte in Deutschland mussten erleben, wie das Ausland offensichtlich vor Hitlers Aggressionslust kapitulierte und verloren allmählich den Glauben daran, dass Frankreich, England und die USA den Expansionsdrang des deutschen Reiches stoppen würden. Innenpolitisch hatte die Naziführung dafür gesorgt, dass auch die olympischen Winterspiele in Garmisch-Partenkirchen dem Anschein genügen sollten, Schilder mit der Aufschrift „Für Juden verboten" wurden an den Austragungsorten entfernt, zur Wahrung des Scheins, durfte ein zuvor aus allen Vereinen entfernter, von den Nazis so tutlierter „Halbjude", Rudi Ball, in der deutschen Eishockeymannschaft mitspielen. „Siehst du Paul", hatte Katharina gesagt, „von wegen Ausland, nichts machen die, um Hitler zu stoppen. Im Gegenteil, die danken ihm sogar noch für die perfekte Ausrichtung der Spiele."

Günter Wegener war im Prozess Anfang November 1936 zu vier Jahren Zuchthaus verurteilt und nach Kassel verbracht worden. Weder Else Wegener noch Paul war gestattet worden, den Mann und Vater in der Untersuchungshaft zu besuchen und die Anwälte vermuteten, dass Günter Wegener mehrfach übel misshandelt worden war.

Die erste Besuchsgenehmigung erhielt Else Wegener Anfang Dezember, als Günter Wegener bereits in Kassel einsaß. Günter Wegener sah abgemagert aus, die ehemals gesunde, leicht gebräunte Gesichtsfarbe des vom Typ her eher dunklen Mannes war einer grauen Tönung gewichen und Else Wegener fragte sich, wie es wohl um Verpflegung und frische Luft bestellt sein mochte. Immerhin schien sich in der Haft so etwas wie Normalität zu entwickeln und Günter Wegener konnte seiner Frau versichern, dass es ihm gut ginge. Else Wegener hatte versprochen, regelmäßig nach Kassel zu kommen und zudem Lebensmittel zu senden. „Vier Jahre Haft", hatte Günter Wegener seiner Frau gesagt, „sollten doch zu schaffen sein. Wir haben schon schlimmere Zeiten überstanden." Es freute Else Wegener, dass ihr Mann offensichtlich nicht sämtlichen Mut verloren hatte und weiter kämpfen würde. Das rettete ihn vor Ypern im Schützengraben und würde ihm helfen, auch diese Zeit zu überstehen. Offensichtlich vermochten auch die brutalen Methoden der Gestapo nicht, Günter Wegeners Überlebenswillen zu brechen. Paul hatte ebenfalls den Vater besuchen dürfen und Günter Wegener versuchte, seinem Sohn Mut zu machen und sich zumindest für die nächste Zeit einen neuen Verein zu suchen, einen jüdischen Verein. Er solle das Bestmögliche aus der Zeit bis zur Auswanderung zu machen. Paul hatte sich bislang noch nicht zu diesem Schritt durchringen können, andererseits fehlte ihm aber das regelmäßige Training, die Spiele und die Kameradschaft im Verein.

Im Januar 1937 fällte Paul dann doch den Entschluss, sich beim TSV Schild Frankfurt anzumelden und den Trainings- und Spielbetrieb wieder aufzunehmen. Sein Aufnahmeantrag war rasch bearbeitet worden, litten doch die jüdischen Vereine unter den ständigen Änderungen durch Abwanderungen, und Paul konnte bereits im Februar den Spielbetrieb wieder aufnehmen. Seine neuen Mannschaftskameraden hatten ihn freundlich aufgenommen und ihn als erfahrenen Spieler gerne direkt in die Mannschaft eingebaut. Auch beim TSV Schild Frankfurt hatten die Eintrachtler einen guten Ruf. Paul, der zum ersten Mal im Leben das Gefühl hatte, seine Herkunft nicht verstecken zu müssen, fühlte sich im Verein rasch heimisch, auch wenn ihm hin und wieder seine langjährigen Kameraden fehlten.

Katharina war froh gewesen, dass er sich zu diesem Schritt entschlossen hatte, ohne Training und Spielbetrieb wirkte Paul ausgesprochen unruhig und oftmals gereizt. Das junge Paar

hatte mittlerweile darauf verzichtet, die Genehmigung zur Heirat zu beantragen, die Chancen auf einen Erfolg schienen nach ihren Erfahrungen und den Berichten, die Paul aus dem Verein mitbrachte, verschwindend gering zu sein.
Soweit dies unter den gegebenen Bedingungen überhaupt möglich war, hatten sich die beiden in der Normalität des Abnormalen eingerichtet und versucht, die verbliebenen wenigen Möglichkeiten der Freizeitgestaltung, die Paul noch offenstanden, gemeinsam zu nutzen. Das Strandbad Niederrad war für Juden noch freigegeben, alle anderen Schwimmbäder waren gesperrt und so konnten Katharina und Paul den Sommer über noch einige unbeschwerte Tage dort verbringen.

1938

„Paul“, Katharina war atemlos in die Wohnung der Wegeners gekommen. „Hast du schon mitbekommen, in Frankfurt werden Juden aufgegriffen und nach Buchenwald deportiert. Ich habe gerade eben mit einem Arbeitskollegen noch kurz nach der Arbeit gesprochen, sein Nachbar wurde heute früh abgeholt. Er wusste auch noch von einem weiteren Mann, der ebenfalls abgeholt worden war. Paul, ich habe Angst. Weißt du die Adresse noch, die dir der Klaus Heise gegeben hatte?“

„Natürlich weiß ich die Adresse noch, ist es wirklich so schlimm?“

„Ich weiß es nicht, aber ich habe Angst um dich. Mir wäre lieber, du würdest für einige Tage untertauchen.“

Else Wegener sah Paul erschrocken an.

„Ich finde auch, du solltest für einige Tage mal nicht sichtbar und auffindbar sein. Ich sage der Gestapo, falls die kommen sollten, einfach, du seist für einige Tage weggefahren. Vielleicht beruhigt sich das Ganze dann wieder.“

„Ich weiß nicht, am Wochenende haben wir ein Spiel und ich möchte meinen Verein nicht hängen lassen. Meine Kameraden zahlen auf mich. Ich kann doch nicht einfach ohne Kommentar verschwinden.“

„Paul, zum Fußballspielen kommst du nicht mehr, wenn die dich erst mal abgeholt haben. Deine Sicherheit geht vor. Du musst mal vernünftig werden. Bitte, tauche mir zuliebe wenigstens für einige Tage unter, bis sich das wieder beruhigt hat. Ich kümmere mich auch um deine Mutter und ich sage dir Bescheid, sobald das vorüber ist. Versprochen."

Alles in Paul sträubte sich, aber zugleich musste er insgeheim Katharina recht geben, sicher war es vernünftiger, jetzt den Nazis nicht in die Hände zu fallen. Schon einige Male hatte er in diesem Jahr miterleben müssen, wie Juden oder jüdisch aussehende Menschen auf offener Straße misshandelt wurden, oftmals unter Beifall der umstehenden Passanten. Dass das Klima noch härter und rauer geworden war, ließ sich nicht mehr verdrängen.

„In Ordnung. Aber nicht länger als eine Woche. Und du Katharina sagst meinen Kameraden Bescheid, ich bin nur eine Woche weg, komme aber die Woche darauf wieder zum Training. Ich musste halt kurzfristig wegfahren, um einem guten Freund in Berlin zu helfen. Dass ich hier untertauche, braucht niemand außer dir und Mutter zu wissen."

„Pass auf Paul, du nimmst jetzt erst mal nichts mit, damit du unterwegs nicht auffällst. Mutter und ich packen dann das Notwendigste ein und ich bringe dir später dann die Sachen. Pass auf dich auf."

Katharina drückte ihm einen langen Kuss auf die Lippen und wollte ihn nicht mehr loslassen. Der Abschied fiel ihr sichtlich schwer und die Angst war ihr deutlich ins Gesicht geschrieben. Der Schock der Verhaftung Günter Wegeners hatte in der Familie seine Spuren hinterlassen und eine ständige Unsicherheit, die nur mühsam vom Alltag überdeckt wurde, war geblieben und konnte sich jederzeit erneut Bahn brechen.
„Ich bringe dir in zwei bis drei Stunden deine Sachen. Jetzt geh aber erst einmal. Sonst fällt es mir noch schwerer, dich loszulassen. Es fällt mir so schon schwer genug."
Kaum hatte Paul die Wohnung verlassen, brach Katharina in Schluchzen aus. Else Wegener, die ihre künftige Schwiegertochter wie ihr eigenes Kind ins Herz geschlossen hatte, nahm die junge Frau in den Arm. Auch ihr waren die Worte im Halse stecken geblieben, so gerne sie auch Tröstliches gesagt hätte. Leise, mit einer unendlich leichten Berührung streichelte Else Wegener Katharina übers Haar. Die Angst um Paul und um Günter Wegener verband die beiden Frauen noch stärker, als es die familiären Bande ohnehin vermocht hatten.
Sicherheitshalber wartete Katharina noch zwei Stunden in der Wohnung der Wegeners, dann packte sie die Tasche, die Else Wegener zwischenzeitlich zurecht gemacht hatte, und machte sich ebenfalls auf den Weg. Paul hatte ihr die Adresse genannt und den Weg genau beschrieben, es war eine Wohnung im Oeder Weg, nicht allzu weit zu laufen und Katharina rechnete

damit, dass sie nicht viel mehr als eine Viertelstunde benötigen würde. Paul sollte längst in seinem Versteck angekommen sein. Auf ihrem Weg achtete die junge Frau sorgsam darauf, ob sie möglicherweise verfolgt werden würde, aber alles blieb ruhig und sie konnte nichts Besorgniserregendes entdecken. Im Oeder Weg angekommen, klingelte Katharina an der angegebenen Adresse. Der junge Mann, der sie empfing, bat sie direkt in die Wohnung, er schien bereits auf ihren Besuch gewartet zu haben.

„Ich habe Paul oben im Dachboden untergebracht. Da gibt es eine Kammer, die steht seit Jahren leer und wird nicht benutzt. Nicht die komfortabelste Bleibe, dafür aber sicher. Im Haus wohnen nur noch alte Leute, die gehen nicht mehr die Treppen hoch."

„Warum machen sie das für Paul, sie kennen ihn doch gar nicht."

„Das stimmt nicht ganz, ich habe ihn ein paar Mal bei unserer Eintracht spielen sehen und bin mit Klaus Heise gut befreundet. Es hat mich unheimlich geärgert, als Klaus Heise mir erzählt hatte, wie er unter Druck gesetzt wurde, Paul aus der Mannschaft zu entfernen, da habe ich Klaus meine Hilfe angeboten. Er selbst würde ja sofort in Verdacht geraten, aber die Verbindung zu mir ist so gut wie niemandem bekannt. Den Klaus Heise kenne ich seit der Schulzeit. Wir waren in den ersten vier Jahren Klassenkameraden. Wir müssen aber vorsichtig sein, denn mittlerweile sind halt auch in der Mannschaft einige überzeugte Nazis."

„Danke ihnen, ich heiße mit Vornamen übrigens Katharina."

„Gerne, ich bin der Karl. Paul hat mir schon einiges von dir erzählt. Wir hatten ja schon ein wenig Zeit, uns zu beschnuppern. Klaus hatte mir ja auch schon einiges über Paul erzählt, so dass er mir nicht so gänzlich unbekannt war."

„Und du bist nicht bei den Nazis?"

„Nee, bloß nicht. Die Nazis haben ja auch was gegen Jungs wie mich."

Katharina verstand nicht so ganz.

„Na, ich bin eben ein wenig anders und habe Kontakt zu Männern, nicht zu Frauen."

„Ach so, du bist also, wie das bei denen so schön heißt, auch undeutsch."

„Das ist mir, ehrlich gesagt, herzlich egal. Ich lebe halt sehr zurückgezogen und verberge meine Neigung, das ist auf Dauer gesünder. In diesen Zeiten weiß man nie, was diesen Fanatikern noch alles so einfällt."

„Na, dann bin ich ja beruhigt. Man weiß ja heute überhaupt nicht mehr, wem man noch trauen kann, und wem nicht. Selbst unter den Kollegen auf der Arbeit, die ich nun schon lange kenne, gibt es ein unschönes Klima des Misstrauens und der Vorsicht. Das macht alles keinen Spaß mehr. Selbst

Kollegen, die früher organisiert waren, rennen heute begeistert den Braunen hinterher."

„Magst du Paul sehen?"

„Na klar, deshalb bin ich ja hier. Ich habe auch seine Sachen dabei."

„Na, dann lass uns mal nach oben gehen. Aber bitte leise, ich möchte nicht, dass die alten Leute hier etwas mit bekommen."

Oben angekommen, trotz aller Vorsicht hatten einige Stufen der Holztreppe geknarrt, fiel Katharina Paul erleichtert um den Hals. Karl hatte sich rasch und dezent wieder verabschiedet und sich angeboten, Katharina nach Hause zu begleiten, sollte es etwas später werden. Die beiden waren froh, dass sie nun wenigstens etwas Zeit alleine miteinander verbringen konnten. Die Dachkammer war, fand Katharina, komfortabler, als nach der Beschreibung Karls gedacht. Neben einem älteren, aber sauber bezogenen Bett war die Kammer mit einem Tisch, zwei Stühlen sowie einem Kleiderschrank ausgestattet, in dem Paul seine Sachen für die paar Tage gut unterbringen konnte.

„Na, das geht doch. Habe mir deine Behausung nach Karls Beschreibung schlimmer vorgestellt."

„Für einige Tage, sicher. Hier kommt kaum Licht herein. Aber es ist in Ordnung."

„Wie geht es dir jetzt, Paul?"

„Offen gestanden, habe ich Angst. Dass sie jetzt anfangen, Juden abzuholen und ins KZ zu bringen, das hätte ich mir nie denken können. Fragt sich, was noch alles kommt."

„Ich weiß es auch nicht, aber wir sollten überlegen, ob wir nicht doch ausreisen sollten."

„Und der Vater? Glaubst du, ich kann Mutter hier ganz alleine lassen? Das kommt für mich nicht in Frage. Wir gehen alle zusammen."

„Ach Paul, es hätte mich auch gewundert, wenn du nicht so reagiert hättest. Aber sei vorsichtig. Du bleibst jetzt erst mal so lange hier, bis die Verhaftungen aufhören. Versprichst du mir das?"

„Das verspreche ich dir. Aber du sagst mir Bescheid, wenn das rum ist. Und halte mich auf dem Laufenden, wenn was mit Mutter ist."

Statt einer Antwort nahm Katharina lange ihren Paul in den Arm. Ihr war zum Heulen zumute, aber sie wollte ihn nicht auch noch mit ihren Gefühlen belasten und so schluckte sie nur zwei mal trocken.

„Ich muss langsam los, es ist schon spät geworden und ich muss morgen früh heraus. Nach der Arbeit schaue ich hier wieder vorbei."

Einige Tage später, die Situation hatte sich insofern beruhigt, als Katharina herausgefunden hatte, dass die Verhaftungswelle vor allem zugezogene Juden aus dem Osten betraf, war Paul wieder nach Hause zurückgekehrt. In der Lindenstraße war Polizei nicht aufgetaucht, offensichtlich hatte niemand nach ihm gesucht. Die Arbeit und das Training bei Schild Frankfurt hatte er wieder aufgenommen und Else Wegener war froh, dass wenigstens ihr Junge wieder zu Hause war. Sorgen bereitete ihr, dass ihr letzter Besuchsantrag immer noch ohne Antwort geblieben war. Dabei war der monatliche Besuch längst überfällig und Else Wegener hatte schon ein schlechtes Gewissen. Ihr Mann würde bestimmt schon auf ihren Besuch warten.

Den Sommer über verbrachten Paul und Katharina noch einmal häufig im Strandbad Niederrad, das als einziges der Frankfurter Schwimmbäder für Juden noch geöffnet hatte. Es sollte der letzte Sommer in einem Frankfurter Schwimmbad werden. Doch davon wussten die beiden jungen Verliebten noch nichts.

Wie nahe die dunklen Gewitterwolken bereits gekommen waren, konnte niemand den schönen verbliebenen Sommertagen des Jahres 1938 ansehen. Katharina hatte Paul nicht mehr auf die Frage der Auswanderung angesprochen, ihr war klar, dass Paul keinesfalls ohne seinen Vater in die Emigration gehen würde. Auch Else Wegener hatte das Thema für beendet erklärt, bis der Vater freigelassen sein würde.

Endlich war der ersehnte Brief aus Kassel eingetroffen. Als Paul nach der Arbeit nach Hause kam, sah er seiner Mutter an, dass etwas passiert sein musste. Wortlos und mit bleichem Gesicht hatte die Mutter ihm den Kasseler Brief übergeben.

„Sehr geehrte Frau Wegener," las Paul.
„Wir müssen ihnen heute mitteilen, dass Ihr Mann auf Anordnung des örtlichen Leiters der Schutzstaffel in den Vollzug im Konzentrationslager Buchenwald überführt wurde. Ihr Besuchsantrag wird somit abgewiesen. Wenden Sie sich bitte an die für das Konzentrationslager zuständige Dienststelle der SS.
Hochachtungsvoll
W. Meyerhoff,
i.A. K. Werner"

Paul schluckte, Konzentrationslager, das hieß Gefangenschaft auf unbestimmte Zeit. Dabei wären es doch nur noch zwei Jahre gewesen, bei guter Führung vielleicht sogar weniger. Die spärlichen Nachrichten aus Buchenwald, die Frankfurt erreicht hatten, klangen alles andere als hoffnungsvoll. Nach allem, was zu hören war, herrschte im Lager Hunger, die Häftlinge wurden zu harten Arbeitseinsätzen gezwungen und durch die SS häufig misshandelt. Besuche von Familienangehörigen waren in Buchenwald nicht erlaubt, die Karten, die Angehörige erhielten, waren nichtssagend, offensichtlich zensiert. Die wenigen Häftlinge, die zurückgekehrt waren, schwiegen über die Verhältnisse im Lager, aber die Angehörigen erkannten ihre Liebsten häufig nicht wieder. Lebensfreude und Mut waren Resignation und Angst gewichen, Dachau, Buchenwald und Oranienburg, Synonyme des Schreckens. Und oft genug hatten Angehörige die Nachricht erhalten, dass ihre Männer, Brüder, Cousins im Lager verstorben waren.

Paul hatte sich schweigend an den Küchentisch gesetzt. Ohne dass er es merkte, hatte er begonnen, auf furchterregende Weise mit den Zähnen zu knirschen. Else Wegener sah, wie es in ihrem Jungen arbeitete.

„Junge, mach jetzt bloß keinen Unsinn, bitte. Wir müssen jetzt stark bleiben und überlegen, wie wir Vater helfen können."

Für einen Moment hatte Else Wegener den Hass in den Augen ihres Jungen gesehen, einen Hass, wie noch nie zuvor. Und sie hatte Angst bekommen, dass ihr Paul eine große Dummheit begehen könnte.

Nach einigen Minuten hatte sich Paul so weit im Griff, dass das Zähneknirschen aufgehört und seine Gesichtsfarbe sich normalisiert hatte.

„Du hast Recht Mutter, Vater ist damit nicht geholfen, dass ich jetzt hier anfange, Unsinn zu machen. Obwohl ich nicht schlecht Lust hätte, mir eine Waffe zu besorgen und den

erstbesten Nazibonzen abzuknallen. Irgendwann ist einfach jede Demütigung eine zuviel, das hält doch kein Mensch aus."
Die Mutter nickte und legte Paul beruhigend die Hand auf seinen Arm.
„Der Werner Anhäuser ist doch ein hohes Tier bei der SA. Meinst du, es macht Sinn, dass ich mit dem Mann einmal rede? Immerhin haben wir den Anhäusers in den Zeiten der Wirtschaftskrise ja auch geholfen. Das können die doch nicht alles vergessen haben, was wir für sie getan haben."
Paul sah seine Mutter erstaunt an.
„Hast du schon vergessen, welche Bedenken Gerd hatte, seinem Vater zu sagen, dass ich weiterhin in der Mannschaft spiele? Er musste es verheimlichen, sonst hätte er selbst ausscheiden müssen. Und jetzt soll uns ausgerechnet Werner Anhäuser helfen?"
„Warum nicht, wir müssen jeden noch so kleinen Hoffnungsschimmer nutzen. Ich würde alles für deinen Vater tun, auch zu diesem Nazibonzen gehen."
Paul schüttelte den Kopf.
„Wenn du meinst, ich sehe da wenig Chancen. Soll ich vorher mal mit Gerd reden?"
„Das kannst du gerne versuchen. Aber warte nicht zu lange damit. Mir bricht das Herz, wenn ich an deinen Vater denke."

Am darauf folgenden Tag machte sich Paul auf den Weg zum Riederwald. Er hoffte, die Trainingszeiten wären gleich geblieben, dann würde er Gerd direkt nach dem Training abpassen können. Der Weg zur alten Trainingsstätte war für ihn immer noch schmerzhaft und Paul merkte, wie sehr der Rauswurf weiterhin an ihm nagte. Zwar hatte ihn sein neuer Verein mit offenen Armen aufgenommen, aber im Herzen war Paul Eintrachtler mit Leib und Seele geblieben.

Paul musste nicht lange warten, die Trainingszeiten hatten sich tatsächlich nicht geändert und Gerd hatte immer noch den gleichen Weg, vom Riederwald in die Stadt.

„Hallo Gerd."

„Hallo Paul, Mensch, wir haben uns ja lange nicht mehr gesehen. Wie geht es dir denn?"

„Nicht gut, Gerd, ich, genauer meine Eltern und ich brauchen deine Hilfe."

„Was ist denn passiert?"

„Vor zwei Jahren wurde mein Vater zu vier Jahren Haft verurteilt und kam ins Zuchthaus nach Kassel. Bis vor kurzem war er auch noch da. Jetzt ist er nach Buchenwald deportiert worden. Wir können ihn noch nicht einmal besuchen und haben fürchterliche Angst um ihn."

„Das tut mir leid. Aber was willst du jetzt von mir?"

„Meinst du, dein Vater könnte etwas für uns tun?"

„Mein Vater?“ Gerd schüttelte erstaunt den Kopf. „Du kennst doch die Einstellung meines Vaters. Warum sollte er für deinen Vater etwas tun?“

„Gerd, ich erinnere dich ungern daran, aber in den Zeiten, als dein Vater arbeitslos war, hat mein Vater euch auch geholfen. Da hat er nicht nach der Einstellung deines Vaters gefragt.“

„Paul, das ist mir unendlich peinlich. Mir wäre auch lieber, mein Vater wäre deiner Familie gegenüber offener. Aber ich will mit ihm versuchen zu reden. Kann dir aber nicht versprechen, dass dabei viel herauskommt. Du kennst ja meinen Vater auch zur Genüge.“

„Nichts für ungut, Gerd. Ich habe dich selten um etwas gebeten, aber diesmal geht es wirklich nicht anders. Ich wüsste nicht, wen ich sonst ansprechen sollte.“

„Ist schon gut, ich rede heute Abend mit meinem Vater. Bist du morgen zu Hause?“

„Ja, nach fünf Uhr auf jeden Fall.“

„Gut, dann komme ich vorbei. Mach es bis dahin gut.“

Paul hatte keinen Zweifel, Gerd hatte versprochen mit seinem Vater zu reden, er würde sich daran halten. In diesem Punkt war auf Gerd absolut Verlass. Wenn er etwas zugesagt hatte, dann hielt er Wort. Aber würde Werner Anhäuser, der als alter Kämpfer ein hohes Tier bei der SA geworden war, für einen der von ihm verhassten Juden etwas tun? Und könnte Werner

Anhäuser überhaupt etwas tun? Buchenwald wurde schließlich von der SS und nicht von der SA verwaltet. Man würde sehen.

Am nächsten Tag war Gerd wie verabredet pünktlich in der Lindenstraße. Paul hatte ihn bereits an der Tür erwartet.

„Hallo Paul, guten Tag Frau Wegener."

„Danke, dass du gekommen bist, Gerd." Else Wegener wirkte blass, sie hatte deutlich abgenommen, fand Gerd und ihn befiel ein ausgesprochen unbehagliches Gefühl.

„Das ist doch selbstverständlich Frau Wegener. Paul hat mir von ihrer Situation erzählt. Mir tut das alles sehr leid."

„Hast du mit deinem Vater gesprochen?"

„Ja, habe ich. Das hatte ich Paul ja versprochen. Mein Vater hat gesagt, er wird ein paar Erkundigungen einziehen und sich dann bei ihnen melden, Frau Wegener. Es kann einige Tage dauern. Höchstens eine Woche, meinte er."

„Glaubst du, dein Vater kann etwas für uns tun? Mein Mann hat schließlich nichts verbrochen."

„Ich weiß es nicht, Frau Wegener. Mein Vater und ich reden selten über Politik und ich weiß auch nicht genau, was mein Vater überhaupt macht. Bei der SA ist er jedenfalls vor Kurzem zum Sturmbannführer befördert worden. Und er trägt die Ehrenstreifen als alter Kämpfer. Beruflich ist er aber der NSDAP Parteiorganisation angegliedert und macht wohl eher Parteiarbeit."

Gerd hatte verschwiegen, dass sein Vater zunächst deutlich ablehnend reagiert hatte und er ihn erst auf die Mietsituation in Zeiten der Not ansprechen musste, um überhaupt Gehör zu finden.

„Danke, dass du mit deinem Vater überhaupt gesprochen hast." Else Wegener wirkte erschöpft und Gerd hielt es für angebracht, sich möglichst rasch zu verabschieden.

„Ich muss ohnehin gehen, ich habe heute auch noch eine Pflichtversammlung. Wir müssen da regelmäßig zu Parteiveranstaltungen. Das lässt sich einfach nicht vermeiden. Mach es gut Paul, und ihnen, Frau Wegener, wünsche ich alles Gute und dass ihr Mann bald frei kommt."

Die auf das Gespräch folgende Woche verging mit quälender Langsamkeit. Die erste Frage Pauls, wenn er von der Arbeit nach Hause kam, war immer, ob Werner Anhauser schon dagewesen war, was die Mutter stets mit einem stummen Kopfschütteln quittiert hatte. „Was hatten wir auch erwartet", dachte Paul bei sich, schwieg aber der Mutter zuliebe.

Auch am Anfang der zweiten Woche hatte sich Werner Anhäuser noch nicht geruhrt und Paul begann jegliche Hoffnung zu verlieren. Auch die Anwaltskanzlei Hermannstein & Fraenkel hatte bei ihren Bemühungen keinen Erfolg erzielen können. Am Spätnachmittag des zwölften Tages nachdem Paul Gerd angesprochen hatte, sah er seiner Mutter im Gesicht an, dass etwas passiert war.

„Was ist los, hat der Anhäuser sich gemeldet?"
„Schau mal Paul, ich habe hier eine Vorladung von Sturmbannführer Anhäuser. Gleich in sein Dienstzimmer im Römer. Für morgen früh."
„Schade, dass ich da arbeiten muss. Ich wäre gern mitgekommen."
„Ich weiß, Paul, aber vielleicht ist es sogar besser, ich gehe da erst einmal alleine hin. Drück mir die Daumen, ich habe so eine Angst vor morgen."

Am nächsten Tag, Paul war schon zur Arbeit gegangen, machte sich Else Wegener um acht Uhr auf den Weg in den Römer. Sie hatte ausreichend Zeit eingeplant und wollte nicht zu spät kommen. Innerlich hatte sie sich geschworen, dass sie auf keinen Fall verzweifelt scheinen wollte, wohl wissend, dass ihr ehemaliger Mieter möglicherweise die Macht hatte, den Daumen zu heben oder zu senken. Sie ahnte, dass es ein schmaler Grad, zwischen dem Versuch, die eigene Würde nicht zu verlieren und an die Hilfsbereitschaft eines Menschen zu appellieren, von dem das Leben ihres Mannes abhängen könnte, werden würde. Zumal ihr Werner Anhäuser noch nie sonderlich sympathisch war.
Wie erwartet, war Else Wegener zwanzig Minuten zu früh am Römer und so entschied sie sich, noch ein wenig am Main spazieren zu gehen. Der Tag hatte beschlossen die Frankfurter

mit Sonne zu verwöhnen und die wenigen Spaziergänger, die nicht arbeiten mussten, genossen das ruhige und milde Klima des Morgens. Der Spaziergang beruhigte Else Wegener und so traf sie pünktlich und ausgeglichen am Römer ein. Werner Anhäuser ließ seine Besucherin jedoch noch über eine halbe Stunde warten. „Wie kleinlich", dachte Else Wegener bei sich, „er hat es offenbar nötig." Als sie schließlich herein gerufen wurde, war sie innerlich vollkommen ruhig und gefasst. Sie hatte nichts zu verlieren, aber viel zu gewinnen.

„Guten Tag, Frau Wegener, nehmen sie bitte Platz." Werner Anhäuser hatte seine SA-Uniform und die schwarzen Stiefel auf Hochglanz gebracht.

„Mein Sohn hat mir schon von ihrer Situation berichtet und ich habe einige Erkundigungen eingezogen. Ihnen dürfte also bekannt sein, warum ihr Mann verurteilt und zuerst nach Kassel, dann nach Buchenwald verbracht wurde. Volksschädlinge und Kriminelle wie ihr Mann werden in Deutschland heutzutage bestraft."

„Entschuldigung Herr Anhäuser, das ist so nicht ganz korrekt. Mein Mann wurde in Deutschland verhaftet, der Vorwurf, er habe in die Schweiz flüchten wollen, ist niemals bewiesen worden. Ich gehe davon aus, dass mein Mann mit dem Geld möglicherweise für uns ein Haus am Bodensee erwerben wollte. Nicht aber, dass mein Mann vorhatte, seine Familie zu verlassen."

„Frau Wegener, darüber will ich mit ihnen nicht diskutieren. Das kostet mich nur unnötige Zeit. Ich habe Kontakt mit den zuständigen Dienststellen in Buchenwald aufgenommen. Auf offiziellem Wege ist da nichts machbar. Ihr Mann bleibt bis zur Besserung, und das setzt die Einsicht in sein verbrecherisches Handeln voraus, in Schutzhaft. Andererseits kenne ich den Kommandanten von Buchenwald und führende Offiziere persönlich. Ich könnte mich also auf weniger offiziellen Wegen für die Freilassung ihres Mannes einsetzen. Das kostet sie allerdings eine Kleinigkeit."
„An welche Summe, Herr Anhäuser, dachten sie in diesem Zusammenhang?"
„Um ihren Mann frei zu bekommen, brauche ich zwanzigtausend Reichsmark. Das sollte ihnen die Freiheit ihres Mannes wert sein. Und die Versicherung, dass ihr Mann und seine Familie Frankfurt innerhalb von sechs Monaten verlässt und ins Ausland emigriert."
„Zwanzigtausend Reichsmark? Sie haben doch das Geld, das mein Mann bei sich trug, konfisziert und der Staatskasse zugeführt."
„Nun, sie haben immer noch das Haus in der Lindenstraße. Ich wäre eventuell bereit, ihnen für das Haus fünfundzwanzigtausend Reichsmark zu zahlen, dann haben sie ihren Mann frei und sie können im Ausland neu anfangen."
„Sie wissen, dass unser Haus einen höheren Wert hat."

„Ich wage zu bezweifeln, dass sie in ihrer Situation jemanden finden, der bereit wäre, mehr zu bezahlen. Das ist, gemessen an der Situation, ein fairer Preis. Überlegen sie es sich. Mein Angebot gilt genau eine Woche. Dann sinkt mein Angebot auf zwanzigtausend Reichsmark, dann bleibt nach der Freilassung ihres Mannes gar nichts mehr übrig."
Else Wegener schluckte, sie hätte es wissen können, ja wissen müssen. Aber hatte sie eine Wahl?
„Ich werde das mit meinem Sohn besprechen und gebe ihnen im Laufe der Woche Bescheid."
„Überlegen sie nicht zu lange, mein Angebot steht."
„Auf Wiedersehen, Herr Anhäuser."

Else Wegener war schwindelig, als sie den Römer verlassen hatte. Eine derart eindeutige Erpressung hatte sie nicht erwartet. Sie war froh, an der frischen Luft zu sein und erst einmal einige Zeit laufen zu können, ohne mit jemandem sprechen zu müssen. Soviel war also ein jüdisches Menschenleben in Nazideutschland wert, zwanzigtausend Reichsmark. Die Mannschaftskollegen von Paul, die beim Schild spielten, hatten also mit ihren Schilderungen nicht übertrieben. Zuerst sollten die Juden in Deutschland ausgepresst und dann ins Ausland abgeschoben werden, damit die Herrenrasse ihr arisches Deutschland ohne Juden, aber mit deren Vermögen gestalten könnte.

Sie beschloss, Paul zu bitten, auch Katharina für den Abend einzuladen, immerhin betraf diese Entscheidung nicht nur sie, Paul und Günter. Ihre eigene Entscheidung war bereits auf dem kurzen Spaziergang gefallen, aber sie wollte diese nicht ohne ihren Sohn und ihre künftige Schwiegertochter tragen, obwohl sie bereits zu wissen glaubte, wie ihr Sohn reagieren würde.

Paul, der sich bei der Arbeit extra ein wenig früher freigenommen hatte, sah seiner Mutter den Schock über die Begegnung mit Werner Anhäuser an. Die Mutter hatte ihn gebeten, auch Katharina von der Arbeit abzuholen, um gemeinsam mit ihren Kindern das Notwendige zu besprechen. Als die beiden jungen Menschen endlich im Wohnzimmer der Wegeners saßen, fing Else Wegener, die sich inzwischen wieder gefangen hatte, von ihrer Begegnung mit Werner Anhäuser zu erzählen. Sie ließ dabei kein wichtig scheinendes Detail aus und schloss ihre Schilderung damit, dass sie ihre Entscheidung schon getroffen habe, aber zuvor die Meinung der beiden hören wollte. Paul sah die Mutter, dann Katharina kurz an.
„Mutter, das ist doch klar. Gibt es da überhaupt eine Wahl? Wir verkaufen das Haus und sehen zu, dass wir Vater frei bekommen. Dann bekümmern wir uns schnellstmöglich um ein Ausreisevisum und sehen zu, dass wir Deutschland den Rücken kehren. Hier hält uns doch nichts mehr. Ich weiß, wie sehr du und Vater für das Haus und unsere Zukunft in

Frankfurt gekämpft haben. Aber das ist Geschichte und unsere Zukunft liegt nicht hier."

„Danke, Paul, ich wusste, dass du so reagierst. Siehst du das auch so, Katharina?"

„Liebe Else, das sehe ich ganz genau so. Wenn Menschen, wie Pauls Vater und Paul in Deutschland keine Zukunft haben, dann sehe ich für mich auch keine Zukunft hier. Was die Nazis innerhalb weniger Jahre aus unserem Land gemacht haben, ist das genaue Gegenteil dessen, wofür Deutschland einmal stand. Und ich fürchte, es kommt noch schlimmer. Wir werden neu anfangen, auch wenn das erst einmal schwierig werden wird. Aber alles ist besser, als das hier."

„Ach Kinder, ich wusste, ihr würdet so reagieren. Das ist auch meine Auffassung. Ich war nach dem Gespräch erst einmal geschockt, mit welcher Dreistigkeit uns unser Hab und Gut genommen werden soll. Erst die Firma, jetzt das Haus. Aber das bedeutet alles nichts, gegen das Leben. Ich werde also Werner Anhäuser zusagen. Wir müssen uns für eine Übergangszeit eine Wohnung mieten und so rasch wie möglich die Ausreise vorantreiben."

Die folgenden Wochen vergingen wie im Flug. Werner Anhäuser hatte der Familie erlaubt, so lange in der Wohnung zu bleiben, bis eine Mietwohnung gefunden worden war und Else Wegener hatte tatsächlich eine zwar kleine, aber ausreichende Wohnung im Nordend gefunden. Paul vermutete, dass Gerd hinter Werner Anhäusers „Großzügigkeit“ steckte, ersparte sich aber jeglichen Kommentar. Else Wegener hatte den notariellen Kaufvertrag unterzeichnet und anschließend die zwanzigtausend Reichsmark abgehoben und Werner Anhäuser diskret in einem Umschlag übergeben. Den Umzug ins Nordend hatten sie rasch organisiert und Paul war froh, als sie in der neuen Wohnung angekommen waren. Der Abschied aus der Lindenstraße war ihm zunächst schwerer gefallen, als gedacht, aber auch das lag nun hinter ihm.

Das Warten auf den Vater bestimmte die Wochen nach dem Umzug. Werner Anhäuser hatte zugesagt, dass der Vater in spätestens vier Wochen nach der Geldübergabe zu Hause sein würde und diese Zeit war nun fast vorüber. Paul, der Geduld ohnehin nicht als seine größte Stärke ansah, versuchte sich mit einigen Extrarunden Training ein wenig abzulenken, aber auch das gelang nur unvollkommen. Er hatte neben dem Fußballspiel mit dem Laufen auf der Mittel- und Langstrecke angefangen und war jeden freien Abend im Grüneburgpark unterwegs. Else Wegener hatte ihrem Mann in einem Brief die neue Adresse mitgeteilt, so dass eigentlich nichts schief gehen konnte. Dennoch lastete die ganze Zeit eine dunkle, unangenehme Anspannung über der Familie, die nur kurzzeitig durchbrochen werden konnte.

Werner Anhäuser hatte Wort gehalten. Am Abend des 12. September stand plötzlich Günter Wegener in der Tür zur neuen Wohnung. Er sah mager und abgehärmt aus, aber er lebte und Else Wegener nahm ihren sichtlich mitgenommenen Mann erst einmal lange in die Arme. Es hatte einige Tage gedauert, bis Günter Wegener wieder zu Kräften gekommen war. Er sprach nicht viel über die Zeit in Buchenwald, aber die wenigen Sätze, die ihm zu entlocken waren, hatten ausgereicht, den Vorhang einen Spalt zu öffnen und einen Blick in die Hölle zu werfen.

Günter Wegener musste bei der Entlassung aus Buchenwald unterschreiben, dass er Schweigen bewahren und bis spätestens Februar 1939 aus Deutschland ausreisen würde. Familie Wegener hatte auf Anraten der Beratungsstelle des Hilfsvereins versucht, Kontakt mit christlichen Gemeinden in Latein- und Mittelamerika aufzubauen, da vorhersehbar die materiellen Mittel der Familie für eine geordnete Auswanderung nicht reichen würden. Sämtliche Auswanderungsbestrebungen wurden in Berlin zentral koordiniert und der Hilfsverein versuchte, so vielen Menschen wie möglich bei der fluchtähnlichen Auswanderung zu helfen. Wer, wie Familie Wegener, nahezu alle materiellen Mittel verloren hatte, war auf die Hilfsbereitschaft und Großzügigkeit von unbekannten Menschen in fremden Ländern angewiesen. Else Wegener ärgerte sich insgeheim, dass sie sich früher nicht stärker in der katholischen Kirche engagiert hatte. Kontakte wären nun ausgesprochen nützlich gewesen. So musste die Familie auf die Großherzigkeit ihr unbekannter Menschen rechnen.

Katharina hatte keinen Antrag gestellt. Da in Deutschland an eine Eheschließung mit Paul nicht zu denken war, plante die junge Frau auf eigene Faust ein Urlaubsvisum zu beantragen, sobald das Ziel der Wegeners feststand um dann am Zielort ihren Paul zu heiraten.

Auch Ende Oktober 1938 war die Familie trotz einiger Bemühungen noch immer nicht weiter gekommen. Offensichtlich war der Ansturm von rassisch diskriminierten Menschen aus Deutschland bei ausländischen Hilfsorganisationen zu groß, als dass auf kurzfristige Lösungen zu hoffen war. Zudem hatte die Reichsregierung den Ausreisedruck massiv verschärft. Am 26.10.1938 hatte die zuständigen Dienststellen eine Verfügung erhalten, wonach sämtliche in Deutschland lebenden Juden polnischer Abstammung bis zum 29.10. in Sondertransporten nach Polen zu verbringen seien. Auch aus Frankfurt wurden über 2000 Menschen in Sonderzügen an die polnische Grenze verfrachtet und irrten dort im Niemandsland, da Polen die Aufnahme verweigerte, umher. Am Abend des 29.10.1938 wurden die im Niemandsland umherirrenden polnischen Juden wieder in ihre

Heimatstädte zurückgebracht. Da sämtliche Wohnungen der Zurückkehrenden mittlerweile beschlagnahmt und versiegelt worden waren, wurden in aller Eile dürftige Notunterkünfte geschaffen.

Paul, der von Katharinas Eltern wie ein eigener Sohn behandelt wurde, saß gerade mit Katharina und ihren Eltern beim Abendbrot, als es an der Tür der Linnemanns Sturm klingelte. Vor der Haustür stand Pauls Mutter, Else Wegener, in einem entsetzlich aufgelösten Zustand.

„Paul, du musst sofort verschwinden. Gehe wieder zu deiner Adresse. Sofort."

„Mutter, nun beruhige dich doch erst einmal. Was ist denn passiert."

Else Wegener schluchzte. „Du hast es noch nicht gehört? In Paris wurde so ein Beamter erschossen. Von einem Juden. Dein Vater ist eben wieder verhaftet und weggebracht worden, ich weiß nicht wohin. Und nach dir suchen sie auch. Die Synagoge an der Friedberger Anlage wurde schon heute morgen angezündet. Es ist schrecklich. Bitte sieh zu, dass du in dein Versteck kommst."

In Pauls Gesicht arbeitete es.

„Sie haben Vater schon wieder verhaftet? Und was sollen wir mit dem Tod eines Beamten in Paris zu tun haben?"

„Paul, ihr seid in deren Augen minderwertig, das reicht denen als Grund vollkommen aus. Der Schütze, der in Paris lebt, war wohl eine Zeit lang auch hier in Frankfurt zu Hause. Aber so genau hat das die Gestapo nicht gesagt. Die brauchen keinen Grund um einen Menschen zu verhaften und zu deportieren. Ich kümmere mich schon um Vater, du musst jetzt jedenfalls erst einmal verschwinden. Versprich mir das."
Katharina, die sich bislang zurückgehalten hatte, sah Paul an.
„Deine Mutter hat recht. Bei uns ist es auch nicht sicher, die werden irgendwann auch hier auftauchen, wenn sie dich zu Hause nicht finden. Auf dem Standesamt ist schließlich auch meine Adresse hinterlegt. Geh zu Karl. Ich werde über einige vertrauenswürdige Kollegen von früher versuchen heraus zu gekommen, was wirklich los ist. Ich komme dann morgen nach der Arbeit bei Karl vorbei. Bitte sei vorsichtig."

Am darauf folgenden Abend fand sich Katharina wie versprochen in Karls Dachkammer ein. Wortlos nahm sie Paul in die Arme und drückte ihn lange an sich. Es dauerte eine Weile, bis sie ihre Worte wiederfand.
„Paul, es ist noch schlimmer, als jemals zuvor. Ein junger Jude namens Herschel Grünspan hat den deutschen Attaché in Paris, Ernst vom Rath in der Botschaft erschossen. Seine Familie war wohl von der Deportation der polnischen Juden betroffen. In ganz Deutschland finden Verfolgungen statt, werden Menschen

verhaftet und die Synagogen angezündet. Die Feuerwehr schaut einfach zu. In der Festhalle werden die Verhafteten gesammelt und mit Lastwagen zum Südbahnhof gefahren. Wohin sie vom Bahnhof aus gebracht werden, weiß niemand. Vor dem Bahnhof stehen Hunderte, die mit Schirmen und Stöcken auf die Deportierten einschlagen. Es ist, als wäre eine Meute losgelassen worden. Die sind außer Rand und Band und nicht zu stoppen."

„Hast du etwas vom Vater gehört?"

„Nein, leider nicht. Deine Mutter geht morgen früh zum Werner Anhäuser. Vielleicht kann der etwas für uns tun. Sie hat außerdem fürchterliche Angst um dich. Du musst versprechen, dass du dich die nächsten Tage nirgendwo blicken lässt, versprichst du uns das?"

„Ja, Kathi. Aber halte mich bitte, was Vater angeht, immer auf dem Laufenden. Und kümmere dich bitte um Mutter."

„Na klar, Deine Mutter liegt mir genau so am Herzen, wie dir. Ich gehe heute Abend noch zu ihr und komme morgen wieder vorbei. Ich bin schon vorsichtig und mache auch den einen oder anderen Umweg. Sollte mir jemand folgen, wird mir das auffallen. Ich will dich und Karl nicht in Gefahr bringen."

Der November wurde für Paul zur Qual, eingesperrt in der Kammer konnte er nichts für den Vater oder für seine Mutter tun und musste mit anhören, wie demütigend Werner

Anhäuser die Mutter bei ihrem Besuch abgefertigt hatte. Die Familie war nun völlig mittellos und die Mutter hatte eine Stellung Wäschereigehilfin angenommen. Innerhalb weniger Jahre war das in Jahrzehnten aufgebaute Vermögen vernichtet und das Glück der Familie zerschlagen worden. Katharina hatte, ohne Paul davon in Kenntnis zu setzen, vorsichtigen und unverfänglichen Kontakt zu Kollegen aufgebaut, von denen sie wusste, dass diese früher aktive Gewerkschafter und Sozialdemokraten oder Kommunisten waren. Paul, das war der jungen Frau klar geworden, musste aus Frankfurt weg, am besten ins Ausland. Und ohne Hilfe würde sie das alleine nicht schaffen. Sie hoffte darauf, dass unter den Kollegen, die ehemals politisch oder gewerkschaftlich aktiv waren, der eine oder andere vielleicht würde weiter helfen können, ein Unterfangen, das war Katharina durchaus klar, auch für sie direkt in einem Konzentrationslager enden konnte. Hatte sie eine Wahl? Else Wegener oder ihre Eltern hatte Katharina nicht informiert. Sie wusste, dass weder ihre Eltern noch Pauls Mutter mit ihrem Versuch einverstanden wären. Diesen Weg musste sie alleine gehen.

Katharina

Das Vorhaben, mit früher aktiven Kollegen bei den Adlerwerken Kontakt aufzunehmen um eine Lösung für Paul zu finden, gestaltete sich noch schwieriger als Katharina Linnemann gedacht hatte. Zunächst einmal musste sie herausfinden, wer von den noch im Betrieb befindlichen Kollegen überhaupt noch ansprechbar war, ohne dass sie allzu viel preisgeben musste. Ein direktes Ansprechen wäre viel zu gefährlich gewesen, also versuchte Katharina in harmlos scheinenden Gesprächen ihren früher politisch aktiven Kollegen auf den Zahn zu fühlen. Bei den meisten der Kollegen biss sie auf Granit, entweder waren diese zu überzeugten Nazis mutiert, oder aber die Angst war viel zu groß, als dass auch nur die Andeutung einer Kritik an der Politik der Nationalsozialisten und der Judenverfolgung zu erkennen gewesen wäre. Alle diese Versuche musste sie in kleinen, missverständlichen Nebenbemerkungen harmlos scheinender Alltagsgespräche so verbergen, dass auch der misstrauischste Kollege keinen Verdacht schöpfen konnte.

Paul war nun schon vier Wochen in der Dachkammer untergetaucht und wurde immer unruhiger. Bei Else Wegener waren drei Mal Polizei oder Gestapobeamte erschienen und hatten versucht, den Aufenthaltsort Pauls zu ermitteln. Pauls

Vater war, soviel hatte Else Wegener herausgefunden, erneut nach Buchenwald transportiert worden und die Beamten hatten versucht, Else Wegener in Bezug auf Pauls Aufenthaltsort massiv unter Druck zu setzen. Ihrem Mann würden Hafterleichterungen gewährt, wenn sie den Aufenthaltsort Pauls verraten würde. Versprechungen, denen Else Wegener nach den Erfahrungen der vergangenen Jahre in keiner Weise Vertrauen schenken konnte. So blieb sie konsequent bei ihrer Version, wonach Paul verschwunden wäre und stelle ihrerseits eine Vermisstenanzeige. Ihr blieb jedoch bewusst, wie brüchig ihr noch vorhandener Freiraum war. Jederzeit konnte sie abgeholt, abgeurteilt und inhaftiert werden.
Mit Katharina hatte Else Wegener vereinbart, dass die Kontakte auf ein absolutes Minimum und, wenn erforderlich, möglichst an einem unbedenklichen neutralen Ort in der Innenstadt, beschränkt werden sollten. Treffen in der Wohnung der Wegeners oder Linnemanns schieden deshalb von vornherein aus. Wenn Katharina Linnemann oder Else Wegener die Notwendigkeit einer Kontaktaufnahme sahen, hatten sie vereinbart, dass jeweils eine auf dem Fensterbrett mittig stehende Blume an den Rand gerückt wurde. Das war das Zeichen, sich am nächsten Tag in einem der drei verabredeten Cafés zu treffen, in denen die beiden Frauen einen scheinbar normalen Kaffeeplausch abhalten konnten.

Ihrem Versuch, Kollegen der Adlerwerke ausfindig zu machen und eine Lösung für Paul zu finden, war auch nach drei Wochen noch kein Erfolg beschert. Zwar hatte Katharina zwei Kollegen ausfindig gemacht, von denen sie glaubte, dass sie den Nationalsozialisten kritisch gegenüberstehen würden, doch war dies weder eindeutig, noch hatte Katharina bislang einen Weg gefunden, wie sie die Kollegen hätte ansprechen können, ohne sich selbst oder diese zu gefährden.. Es war zum Verzweifeln. Der eine Kollege, ein älterer Maschinenschlosser, war vor der Zeit der Nationalsozialisten ein aktiver Gewerkschafter gewesen. Der Zweite, ein Buchhalter aus der Verwaltung, war etwas jünger und, kurz nach Katharina in die SPD eingetreten. So grübelte sie einige Tage und Nächste, wie sie, ohne Aufsehen zu erregen, an die beiden, oder wenigstens einen von ihnen, mit denen sie betrieblich so gut wie nie zu tun hatte, in Kontakt kommen könnte. Auf einen Zufall zu warten, schien ihr angesichts der fortgeschrittenen Zeit zu riskant. Jeder weitere Tag, den Paul in seinem Versteck verharren musste, war ein Tag der Gefährdung. Karl Lederer hatte Katharina zwar versprochen, Paul könne so lange bleiben, wie er wolle und müsse, aber darauf wollte Katharina nicht setzten. Immerhin war ja auch Karl selbst gefährdet und eine Denunziation aufgrund seiner Neigungen jederzeit möglich. „Schade, dass dein Freund mit Männern nicht kann“, hatte Karl neckisch zu

Katharina gesagt. „Aber ich kann ihn verstehen. Wenn ich mit Frauen könnte, würde ich dir auch hinterher schauen."

Katharina hatte begonnen dem älteren der beiden Kandidaten, den sie ansprechen wollte, möglichst unauffällig nach der Arbeit zu folgen, um einen Anhaltspunkt zu bekommen, wo und wie sie ihn ansprechen könnte. Die früher einbrechende Dunkelheit erleichterte ihr die Verfolgung des Mannes, von dem sie hoffte, er würde ihr wenigstens zuhören. An den ersten beiden Tagen hatte sich keine Möglichkeit ergeben und Katharina hatte festgestellt, dass er an den beiden Tagen den gleichen Weg nach Hause genommen hatte. Am dritten Tag beschloss sie, den Maschinenschlosser kurz vor der Haustür anzusprechen.

Auf dem Weg in die Innenstadt, diesmal hatte er seine Route leicht verändert, fiel es Katharina schwer, seinem schnellen Schritt zu folgen. Es regnete und die Sichtverhältnisse waren ausgesprochen schlecht, Katharina musste sich beeilen, den Schlosser nicht gänzlich aus den Augen zu verlieren. Plötzlich war der Mann verschwunden. Katharina beschleunigte ihren Schritt, er konnte noch nicht weit gekommen sein. Die dunklen engen Gassen der Frankfurter Innenstadt schienen den Schlosser verschluckt zu haben und Katharina ärgerte sich, dass sie ihn nicht bereits gestern angesprochen hatte. Der Schlosser war in die Steingasse eingebogen, weit konnte er noch nicht sein.

Mit hartem Griff an ihrem Oberarm wurde die junge Frau zur Seite gezogen.

„Warum verfolgen sie mich?"

Der Schlosser hatte sie brutal am Arm gepackt und ohne dass sie sich wehren konnte, aus dem Laternenschein in die dunkle Einfahrt gezogen. Katharina bekam es mit der Angst zu tun.

„Ich verfolge sie doch nicht, wie kommen sie darauf."

„Mädchen, erzähle mir doch keinen Unsinn. Meinst du, ich habe dich die vergangenen beiden Tage nicht gesehen? Mir kannst du jedenfalls nicht erzählen, dass meine blonden Locken dich so faszinieren, dass du mir nachlaufen musst."

Trotz des Schreckens musste Katharina grinsen, der Schlosser war an den Schläfen grauhaarig und mit einer prachtvollen Glatze gesegnet. „Wenigstens hat der Mann Humor", dachte sie bei sich und verscheuchte ihre Angst.

„Sie haben recht, ich habe sie tatsächlich verfolgt und will mit ihnen reden."

Der Maschinenschlosser sah sie prüfend an, seine Augen waren dunkel und ausdruckslos. Immer noch hielt er ihren Oberarm wie mit einem Schraubstock fest, so fest, dass Katharina fast vor Schmerz geschrien hätte. Lediglich die Angst und die Hoffnung, der Mann könne vielleicht doch helfen, zwangen sie dazu, die Zähne zusammen zu beißen.

„Worüber möchten sie denn mit mir reden?"

„Ich weiß, dass sie früher in der Gewerkschaft waren. Vielleicht können sie mir bei einem Problem helfen."
„So Mädel, du willst also, dass ich dir bei einem Problem helfe? Ich weiß zwar nicht, was der Unsinn soll, aber ich wollte ohnehin ein Bier trinken gehen. Meine Stammkneipe ist hier um die Ecke. Komm mit, dann kannst du mir ja dein Problem erzählen."
Der Schlosser hatte den harten Griff etwas gelockert, ohne jedoch den Arm gänzlich freizugeben. Fast schien es Katharina, als hätte er einen kurzen Moment gelächelt, aber das konnte bei der schemenhaften Beleuchtung auch eine Täuschung sein. Die Stammkneipe des Mannes war tatsächlich nur um die Ecke, wenige Meter vom Hauseingang, in den sie gezerrt worden war, entfernt. In der Kneipe waren nicht viele Gäste, die Anwesenden überwiegend, wie der Schlosser, in Arbeitsmontur gekleidet. Der Wirt der Kneipe, ein hünenartiger, bärtiger Grobklotz von Mann, sah Katharina mit einem zudringlichen Grinsen an.
„Mensch, Karlheinz, da bringst du ja was Hübsches mit. Willst es wohl auf deine alten Tage noch mal krachen lassen?"
Katharina spürte, wie sie knallrot wurde und ärgerte sich über sich selbst. Anstatt dem Grobian die passende Antwort zu geben, fehlten ihr einfach die Worte. Der so Angesprochene verzog keine Miene und führte Katharina ohne Erwiderung an einen freien Tisch in der Ecke der Gaststube.

„Mach dir nichts draus, Mädel. Der Friedel ist immer so, aber er ist schwer in Ordnung und schreibt auch mal an, wenn ich ein Bier will, aber kein Geld habe."

„Zwei Bier, Friedel. Und mach meine kleine Cousine nicht so blöd an, du Klotz."

„Ist ja schon gut, Karlheinz. Du kennst mich ja. Die zwei Bier gehen aufs Haus. Ich wusste ja nicht, dass das deine Cousine ist."

„So Mädel, jetzt warten wir mal die zwei Bier ab, und dann erzählst du mir deine Geschichte. Interessiert mich ja jetzt doch, was du mir zu sagen hast. Kommt nicht mehr so oft vor, dass mir ein junges Ding nachläuft."

Katharina konnte sich nicht helfen, bei aller Grobheit und Direktheit, war ihr der Schlosser sympathisch, obwohl sie eigentlich beschlossen hatte, richtig wütend zu sein. Aber es wollte einfach nicht gelingen.

Wenige Minuten später, ein ordentliches Pils konnte der Grobian wenigstens zapfen, standen zwei sauber gezapfte Biere vor dem ungleichen Paar und Karlheinz forderte Katharina mit einem Blick auf, endlich ihre Geschichte zu erzählen.

„Ich weiß nicht, wo ich anfangen soll", begann die junge Frau. „Mein Freund heißt Paul. Eigentlich wollten wir heiraten, aber da Paul einen jüdischen Vater hat, haben wir bislang keine Genehmigung erhalten. Pauls Vater ist wieder verhaftet worden. Und Paul wird auch gesucht. Aber er hat nichts, überhaupt nichts verbrochen und sein Vater auch nicht. Paul hat es noch geschafft, abzuhauen, der Vater nicht mehr. Paul ist jetzt in einem Versteck hier in Frankfurt, aber das wird auch nicht ewig klappen. Paul muss weg, am besten ins Ausland."

Der Schlosser sah Katharina durchdringend an.

„So Mädel, und mit der Räuberpistole kommst du ausgerechnet zu mir. Und was denkst du, soll ich jetzt tun?"

Katharina wurde schon wieder rot.

„Ich dachte, weil sie doch in der Gewerkschaft waren."

„Papperlapapp. So ein Unsinn. Das ist lange her. Jetzt gibt es die NSBO, das weißt du doch. Wende dich doch an die. Ich bin hier der falsche Ansprechpartner. Ich bin nur ein einfacher Schlosser und mache meine Arbeit. Und besser, du hältst den Mund mit deiner Geschichte, so einen Blödsinn mag heute keiner hören."

Katharina stand die Enttäuschung ins Gesicht geschrieben.

„Ich glaube, es ist besser ich gehe."

„Trink wenigstens dein Bier aus, ist umsonst."

Abrupt stand die junge Frau auf.

„Herzlichen Dank, dass sie mir zugehört haben. Ich glaube, es ist besser, ich gehe jetzt. Nichts für ungut."

An der frischen Luft musste Katharina drei Mal schlucken. „Wie sehr man sich doch in einem Menschen täuschen kann." Diese Abfuhr hatte sie wirklich nicht erwartet. „Was, wenn der Schlosser tatsächlich auch noch die Polizei informierte? Nicht auszudenken.“ Mit diesen trüben Gedanken war Katharina in die unangenehm feuchte, dunkle Nacht aufgebrochen. Sie würde Paul kein Wort von der Begegnung erzählen und sich morgen an die Fersen des Buchhalters heften. Es konnten ja nicht alle so sein. Und vor allem würde sie es diesmal besser machen und sich nicht so einfach erwischen lassen.

Am nächsten Tag wartete Katharina bange, ob nicht vielleicht doch Polizei auf dem Betriebsgelände vorstellig und sie festnehmen würde. Aber es war den Tag über ruhig geblieben und der Schlosser hatte entweder seine verklausulierte Drohung nicht wahr gemacht, oder die Polizei hatte das nicht ernst genommen. Gott sein Dank hatte sie wenigstens Pauls Nachnamen nicht erwähnt und Paul war ja kein so seltener Vorname. Wie tags zuvor vorgenommen, heftete sich Katharina an die Fersen des Buchhalters, diesmal deutlich vorsichtiger und mit erheblich größerem Abstand. Eine weitere Pleite konnte sie sich gut und gerne ersparen. Diesmal würde sie mindestens eine Woche warten, ehe sie den Mann ansprechen wollte, auch wenn die Zeit noch so sehr drängen sollte.

Fünf Tage später wusste Katharina, wo der Buchhalter wohnte, welche Wege er von der Arbeit nach Hause nahm und wo er mitunter einzukehren pflegte. In der kommenden Woche würde sie ihren Plan umsetzen und den Mann ansprechen. Diesmal würde sie es geschickter angehen und ihn direkt vor seiner

Wohnung ansprechen. Es musste einfach funktionieren, Paul konnte ja nicht ewig im Oeder Weg bleiben.
Am darauf folgenden Montag, dem Tag, an dem sie den Buchhalter abends ansprechen wollte, wurde Katharina am Arbeitsplatz in der Verwaltung der Adlerwerke überrascht. Kurz nach der Mittagspause stand plötzlich der Schlosser vor ihr.
„Ich habe eine Reklamation, letzten Monat wurden meine Arbeitsstunden falsch abgerechnet. Können Sie mal bitte meine Abrechnung prüfen? Ich bin mir nicht hundertprozentig sicher."
Katharina sah den Mann verblüfft an. Das hatte sie nun wirklich nicht erwartet, er war noch nie mit einer Reklamation in der Verwaltung aufgetaucht und Probleme mit der Abrechnung, das schien Katharina recht unglaubwürdig zu sein. Aber was wollte er wirklich? Mit einiger Verwirrung nahm Katharina den Umschlag mit Unterlagen entgegen.
„Danke sehr, ich werde das prüfen und ihnen Bescheid geben."
„Nichts für ungut, ich bin mir ja auch nicht sicher. Vielleicht habe ich auch mir nur etwas Falsches aufgeschrieben."
Katharina legte den Umschlag beiseite.
„Ich werde mir das heute noch anschauen. Auf Wiedersehen."
Bis zum Feierabend hatte Katharina vier Stunden Zeit. Sie hatte genug Arbeit auf ihrem Schreibtisch liegen und die erbetene Prüfung kam ihr etwas ungelegen. Andererseits hatte sie dem Mann versprochen, diese heute noch vorzunehmen. Mit einem

leichten Seufzer nahm sie den Umschlag, nachdem er wieder gegangen war, und öffnete ihn. Er enthielt die vom Unternehmen ausgestellte Stundenabrechnung sowie eine handschriftlich erstellte Stundenabrechnung des Schlossers und einen kleinen Zettel.

„Machen Sie bitte keinen Fehler“, stand auf dem Zettel. „Wir sehen uns heute Abend, sieben Uhr, beim Friedel, sie wissen ja wo.“

Katharina war verwirrt. Welchen Fehler sollte sie vermeiden? Die Stundenabrechnung konnte der Schlosser kaum gemeint haben. Der Zettel klang fast wie eine Warnung. Aber wovor wollte sie der Schlosser warnen? Katharina beschloss, den ursprünglich geplanten Abendtermin um einen Tag zu verschieben und statt dessen in die Kneipe des Schlossers zu gehen. Es musste eine Erklärung für das merkwürdige Verhalten des Mannes geben.

Punkt sieben fand sich Katharina in der Kneipe ein. Wie beim vorigen Mal waren nur wenige Plätze besetzt und Katharina ging zum Tisch, an dem sie bereits beim ersten Treffen mit dem Schlosser gesessen hatte. Kurz nach sieben fand sich auch ihr Gesprächspartner ein.

„Guten Abend. Ich freue mich, dass sie gekommen sind. Ich will es kurz machen. Wir können ihnen helfen und werden ihren Paul ins Ausland bringen.“

Katharina war komplett verwirrt, hatte er sie nicht eineinhalb Wochen zuvor derbe abfahren lassen? Und jetzt das plötzliche Hilfsangebot? Woher dieser Sinneswandel? Und warum plötzlich wir, statt ich?

Zum ersten Mal lächelte der Schlosser.

„Jetzt sind sie vermutlich erstaunt. Damit hätten sie nicht gerechnet."

„Ehrlich gesagt, nein. Woher der plötzliche Sinneswandel? Und wer ist wir?"

„Nun mal langsam und der Reihe nach. Das 'wir' werde ich ihnen nicht beantworten, sie werden immer nur mit mir zu tun haben. Nur so viel, wir sind eine ganz kleine Gruppe und müssen sehr aufpassen bei unserer Arbeit. Mehr müssen sie nicht wissen. Wir waren in der vergangenen Woche nicht untätig und haben unsererseits sie beobachtet. Wir wissen, wo sie wohnen, mit wem sie verkehren und wir wissen, wo ihr Paul untergebracht ist, wir kennen das Haus im Oeder Weg. Und wir kennen Karl Lederer."

Katharinas Verwirrung steigerte sich zum Stakkato, die hatten sie die ganze Zeit beobachtet und sie hatte nichts davon bemerkt.

„Warum haben sie das gemacht? Ich verstehe nicht."

„Nun, wir mussten sicher gehen, dass sie kein von den Nazis auf uns angesetzter Spitzel sind. Dies sind schon lange hinter uns her, wissen, dass es uns gibt, können aber bislang keinen von uns identifizieren. Nachdem wir sie eine Woche beobachtet hatten, waren wir uns sicher, dass die Geschichte, die sie mir erzählt hatten, stimmt."

„Dann haben also andere aus ihrer Gruppe mich beobachtet. Wenn Sie das gemacht hätten, das hätte ich ja bemerkt."

„Da haben sie recht, aber ich werde ihnen natürlich nicht sagen, wer diese Aufgabe übernommen hatte. Eine kleine Bemerkung noch. Vorsicht vor dem Buchhalter, halten sie sich da fern. Der Mann ist ein Nazispitzel und hat schon einige Kollegen das Leben gekostet. Mit dem rechnen wir auch noch ab, aber alles zu seiner Zeit. Jetzt bringen wir erst mal ihren Paul in Sicherheit und helfen ihnen. Sie gehen also morgen zu Paul und sagen ihm, dass er übermorgen Besuch bekommt. Diesem Besuch kann er zu hundert Prozent trauen. Er muss alles tun, was diese Person sagt. Wir werden Paul ins Ausland bringen, wir haben da unsere Kanäle und Kontakte."

„Wohin werden sie Paul bringen?"

„Das werde ich ihnen nicht sagen. Unsere Bedingung ist, dass sich Paul im Ausland unserer kleinen Organisation anschließt und uns hilft, sobald er sich dort etabliert hat. In zwei Jahren ist Paul dann frei und kann gehen wohin er will. Dann können sie auch, wenn sie das noch wollen, ihm in ein neutrales Land folgen. Unsere Bedingung an sie ist, dass sie absolut den Mund halten, keine eigenen Aktionen mehr unternehmen, um uns und sich nicht weiter zu gefährden. Sie haben zwar ein gewisses

Geschick, aber keinerlei Erfahrung und machen typische Anfängerfehler. Die können auch das Leben kosten. Also halten sie sich daran. Wenn wir sie brauchen, lassen wir sie das wissen. Ansonsten halten sie ihre Füße absolut still und bleiben die brave, kritische, aber ungefährliche Bürgerin, für die sie alle Welt hält. In diesen zwei Jahren werden auch sie nicht erfahren, wo Paul ist. Paul wird nicht schreiben und keinen Kontakt aufnehmen dürfen. Niemand darf eine Verbindung zwischen ihnen und uns herstellen. Ist das klar?"

„Und woher soll ich wissen, dass ich jetzt nicht gerade mit einem Nazispitzel rede?"

„Das ist doch ganz einfach. Wäre ich ein solcher, wärt ihr, Paul, Else Wegener und sie doch schon längst verhaftet. Warum sollten wir uns eine solche Mühe noch geben, wo wir doch schon alles Notwendige wissen?"

Katharina sah den Mann, der mit einer fast unheimlich wirkenden Ruhe gesprochen hatte, ungläubig an. War es wirklich möglich, dass ihrem Paul geholfen werden konnte? Konnte sie diesem Mann trauen?

„Übrigens, ich bin Karlheinz, aber das weißt du ja. Und diesmal lässt du dein Bier nicht stehen."

„Und ich soll morgen Paul auf den Besuch vorbereiten."

„Ja, denn die Person, die kommen wird, ist weder dir, noch Paul noch mir bekannt. Nicht dass dein Paul im letzten Moment abhaut und wir das Vergnügen haben, ihn dann in

Frankfurt auch noch suchen zu dürfen. Das wäre für alle Beteiligten nur gefährlich. Wenn wir uns hier treffen müssen, denk immer daran, du bist für Friedel und die anderen hier meine Cousine."

„Das habe ich verstanden, Karlheinz. Bitte sei mir nicht böse, aber ich bin im Moment noch etwas durcheinander und muss meine Gedanken erst mal sortieren. Das kam jetzt doch überraschend. Und nach zwei Jahren, wenn Paul seine Aufgabe erfüllt hat, kann er gehen, wohin er will?"

„Ja, das habe ich dir doch versprochen. So lautet unsere Abmachung und ich will, dass Paul das so von dir erfährt. Unser Kontakt wird Paul innerhalb von zwei Tagen, nachdem er vom Oeder Weg weg ist, außer Landes bringen. Es ist alles vorbereitet. Und noch etwas, kein Kontakt zu Else Wegener, bevor Paul nicht sicher außer Landes ist. Je weniger Personen von der Aktion wissen, um so besser. Wenn Paul weg ist, dann kannst du gerne Else Wegener Bescheid geben. Vorher auf keinen Fall. Und bitte keine Details, nur das Notwendige."

„Ich kann es noch gar nicht glauben. Die letzten Jahre waren so schrecklich und auf einmal soll sich das Blatt so wenden."

„Na, ganz gewendet hat es sich ja nun nicht gerade, immerhin ist Pauls Vater noch inhaftiert und die Zustände in Buchenwald sind grauenhaft. Wer nicht an Hunger und der harten Arbeit stirbt, wird irgendwann erschlagen, erschossen oder erhängt, weil einem SS-Mann das Gesicht nicht passt. Oder einem der

Kapos. Habt ihr denn noch die Mittel, auch den Vater Pauls herauszukaufen?“

„Leider nein, das Haus und die Firma der Wegeners sind verkauft und meine Eltern haben keine Mittel. Wir können nur hoffen und beten. Ist es wirklich so schlimm?“

„Schlimmer, Mädel, es ist noch schlimmer. Aber jetzt kümmern wir uns erst einmal um Paul, dann sehen wir weiter. So, und nun trinken wir in Ruhe unser Bier aus. Wir wollen ja auch bei Friedel kein unnötiges Aufsehen erregen. Hier lässt keiner sein Bierglas halbvoll stehen.“

Katharina fiel es schwer zu glauben, nur noch vier, vielleicht fünf Tage und Paul sollte in Sicherheit sein? Morgen würde sie zu Paul gehen und ihm die gute Nachricht überbringen. Und in einer Woche könnte sie das verabredete Signal für Else Wegener zu einem Treffen in ihrem Café geben. Es war einfach zu schön, um wahr zu sein.

Am darauf folgenden Tag konnte Katharina es kaum erwarten in den Oeder Weg zu kommen. Sie würde ihren Paul zwei Jahre nicht sehen können. Aber was machte das schon aus, Paul würde leben und nach den beiden Jahren könnten sie sich ein gemeinsames Leben in Freiheit aufbauen. Man konnte sich schon fast nicht mehr vorstellen, wie ein Leben ohne Angst aussehen sollte.

„Paul, ich habe gute Nachrichten. Hör einfach zu und sage erst mal nichts." Paul sah seine Kathi mit erstauntem Blick an, so aufgekratzt hatte er sie schon lange nicht mehr gesehen. „Ich habe jemanden gesprochen, der dir weiter hilft. Er arbeitet für eine Organisation und kann dir und uns helfen. Morgen Abend wird eine unbekannte Person dich hier abholen. Du kannst dieser Person vertrauen. Sie wird dich abholen und uns Ausland bringen. Du wirst in wenigen Tagen in Sicherheit sein. Im Gegenzug musst du dich verpflichten, nachdem du dich im Ausland etabliert hast, zwei Jahre für die Organisation im Ausland tätig zu werden. Nach den beiden Jahren bist du frei und kannst gehen, wohin du willst. Dann können wir uns treffen, heiraten und ein gemeinsames Leben aufbauen. Endlich, Paul. Und die beiden Jahre bekommen wir auch noch herum. Jetzt haben wir so lange aufeinander gewartet. Jetzt wird alles gut."

Paul sah seine Katharina ungläubig an.

„Was hast du getan?"

„Ich habe mit einem Kollegen Kontakt aufgenommen, der früher mal ein aktiver Gewerkschafter war. Ich weiß nicht viel über den Mann oder die Organisation, für die er tätig ist. Sie sind sehr vorsichtig und halten alles möglichst geheim. Aber er hat gewusst, wo ich wohne, wo deine Mutter wohnt und wo du dich versteckt hältst. Er hätte dich und uns verraten können, hat es aber nicht getan. Ich vertraue ihm, er ist unsere einzige Chance."

„Und was soll aus Mutter, was soll aus Vater werden? Ich kann doch nicht einfach so abhauen und die Eltern hier sitzen lassen."

„Paul, jetzt denk doch mal nach. Was kannst du hier in deiner Dachkammer für deinen Vater oder deine Mutter tun? Nichts, rein gar nichts. Wenn du erst mal im Ausland bist und anfangen kannst zu arbeiten, dann kannst du Geld sparen. Geld, das wir dringend benötigen, um deinen Vater frei zu kaufen. Und du wirst Kontakte zu dieser Organisation haben. Kontakte, mit deren Hilfe wir vielleicht auch deinen Vater frei bekommen können. Sei bitte vernünftig und gehe. Es ist der einzige Weg. Und ich bin mir sicher, dass deine Mutter das ganz genau so sieht, wie ich. Wenn du erst im Ausland bist, hat sie auch eine Sorge weniger."

In Pauls Gesicht arbeitete es heftig. Es fiel ihm sichtlich schwer, Katharinas Vernunftargumente zu akzeptieren. Innerlich hatte er das Gefühl, er würde seine Eltern im Stich lassen.

„Darf ich mich wenigstens von Mutter noch verabschieden?"

„Paul, wie soll das gehen. Du kannst doch nicht jetzt, wo die Polizei dich sucht, einfach so in eure Wohnung spazieren und dich von deiner Mutter verabschieden. Eure Wohnung wird bestimmt überwacht, die nehmen dich doch fest, bevor du deine Mutter überhaupt nur siehst. Selbst Else und ich, wir haben uns fast überhaupt nicht mehr und wenn, dann nur auf ein geheimes Zeichen hin an einem unverdächtigen und neutralen Ort, getroffen. Wir müssen ungeheuer vorsichtig sein. Wenn du auch noch im Konzentrationslager landest, dann ist niemandem gedient, bitte sei vernünftig. Vom Ausland aus, kannst du deinem Vater helfen, hier kannst du nichts für ihn tun."

Katharina sah Paul an, dass ihre Argumente stärker waren, als alles, was Paul hätte vorbringen können. Allein, die Vorstellung, er könnte sich noch nicht einmal von seiner Familie verabschieden, war für ihn kaum zu verkraften. Es blieb nichts mehr zu sagen und so hielt sie ihn lange im Arm. Der Abschied fiel auch ihr schwer. Sie würden sich zwei Jahre nicht sehen können, zwei Jahre nicht schreiben dürfen, zwei Jahre würde sie nicht wissen, ob er gesund oder krank, verzweifelt oder glücklich sein würde.

„Paul, ich muss nun gehen. Wir sehen uns in zwei Jahren wieder. Wenn du an einem Ort bist, an dem wir beide künftig leben können. Ich weiß schon gar nicht mehr, wie sich das anfühlt. Ein Leben ohne Angst. Aber es muss wundervoll sein. Und jetzt lass mich einfach gehen, es fällt mir so schon schwer genug. Und du machst keine Dummheiten und hältst dich an die Abmachungen. Kein Wort, zu niemandem. Und morgen Abend bist du hier weg."

Krieg

Das Jahr 1939 hatte bereits im Frühjahr mit erheblichen Spannungen begonnen, Hitlers Armeen waren im noch freien Teil der Tschechoslowakei einmarschiert und hatten den verbliebenen Rest des Landes annektiert. Polen hatte eine Teilmobilmachung angeordnet und Großbritannien um Beistand gebeten. Großbritannien und Frankreich verkündeten eine britisch-französische Beistandsgarantie für Polen. Krieg lag in der Luft.

Else Wegener und Katharina hatten jeden Pfennig, den sie auftreiben konnten, gespart, aber bei den Verdienstmöglichkeiten der beiden, war kurzfristig nicht zu hoffen, dass sie es schaffen könnten, den hohen Betrag, der für Günter Wegeners Freilassung erforderlich war, aufzubringen. Else Wegener hatte die Wohnung aufgegeben und war in ein kleines Zimmer gezogen. „Jetzt, wo Paul nicht mehr da ist, reicht das doch aus", hatte sie gesagt. Einmal hatte sich Katharina noch mit Karlheinz getroffen. Er hatte ihr versichert, dass Paul unbeschadet im europäischen Ausland angekommen war und wie vereinbart, seinerseits für die Organisation dort arbeitete. Er hatte eine Anstellung als Schneider gefunden und sich eingelebt. Aber auch Karlheinz hatte Katharina nicht sagen können, wo genau Paul sich befand. Es sei besser, hatte er gesagt, immer nur so viel zu wissen, wie unbedingt notwendig ist. Und keiner dürfe alles wissen. Dann könne auch keiner die anderen verraten, wenn einer von ihnen auffliegen würde. Es blieb Katharina nichts weiter übrig, als ihm zu vertrauen und darauf zu hoffen, dass Paul tatsächlich in Sicherheit war.

Ihr Mann war, soviel hatte Else Wegener herausgefunden, wieder nach Buchenwald verbracht und in der Wäscherei eingesetzt worden. Hin und wieder konnte sie ihm wenigstens ein Paket mit Lebensmitteln und etwas Wäsche senden und in einigen Fällen, längst nicht in allen, hatte sie Karten zurück erhalten, in denen sich Günter Wegener für die Sachen bedankte. Von Paul hatte auch Else Wegener nichts gehört, aber sie vertraute darauf, dass Katharina den richtigen Weg eingeschlagen hatte. So war der Sommer 1939 mit alltäglichen Dingen des Lebens ausgefüllt, ohne dass Else Wegener mit ihren Bemühungen, ihren Mann frei zu bekommen, weiter gekommen wäre. Sie durfte die Hoffnung nicht aufgeben und hatte sich nicht gescheut, auch Werner Anhäuser nochmals aufzusuchen und an seine Fairness zu appellieren. Die Anhäusers wohnten nun komfortabel im Haus der Wegeners in der Lindenstraße und Else Wegener bemühte sich ansonsten, die Gegend möglichst zu meiden. Wie erwartet hatte Werner Anhäuser Else Wegener kalt abgefertigt. Gerd schien das Verhalten seines Vaters peinlich zu sein, hatte aber keinen Ton gesagt und sich auch nicht nach Paul erkundigt. So blieb Else Wegener lediglich der Weg, auf Glück und eine Begnadigung zu hoffen.

Am 1. September 1939 überfiel Hitler Polen. Die von langer Hand vorbereiteten Luftschutzmaßnahmen wurden für Frankfurt, wie für die anderen Großstädten auch, eingeführt. Nachdem das Ultimatum Großbritanniens und Frankreichs abgelaufen war, erklärten beide Mächte dem Deutschen Reich den Krieg, ohne jedoch aktiv an der Seite der Polen in den bewaffneten Kampf einzugreifen. Die Appeasement Politik Englands und Frankreichs war gescheitert. In nur zehn Tagen gelang es den deutschen Verbänden, die polnische Armee einzukesseln und militärisch zu schlagen. 170000 polnische Soldaten gerieten in Kriegsgefangenschaft. Die deutschen Armeen hatten Westpolen, die sowjetischen, wie im geheimen Hitler-Stalin Pakt festgelegt, Ostpolen besetzt und Polen als eigenständigen Staat von der europäischen Landkarte gelöscht.

Im Frühjahr 1940 hatte sich auch Katharinas Situation einschneidend verändert. Eines Tages war Karlheinz nicht mehr im Betrieb erschienen und Katharina hörte von Kollegen, dass der Schlosser verhaftet worden war. Ihr einzig möglicher Kontakt zu Paul war nicht nur abgerissen, Katharina wusste zudem nicht, ob es dem Schlosser gelingen würde, zu

schweigen. Immerhin kannte er sowohl ihren Namen, als auch den Else Wegeners. Und er hatte Kontakte zum Widerstand und damit in letzter Konsequenz auch zu Pauls Aufenthaltsort. Nach eingehenden Beratungen hatten die beiden Frauen beschlossen, keine Versuche der Kontaktaufnahme mit möglicherweise verbliebenen Mitgliedern der Gruppe zu wagen, zu groß das Risiko, an einen Spitzel zu geraten und die Angehörigen und sich selbst zusätzlicher Gefahr auszusetzen.
Die Hoffnungen, die beide Frauen auf den Kriegseintritt Englands und Frankreichs gesetzt hatten, sollten sich zunächst nicht erfüllen. Im Gegenteil. In niemals für möglich gehaltener Geschwindigkeit hatten Hitlers Armeen weite Teile Europas, die Niederlande, Belgien, Griechenland, Norwegen und Frankreich besetzt. Am 22. Juni 1940 kapitulierte Frankreich, Hitler schien in Europa nicht mehr aufzuhalten. Noch immer wussten weder Katharina, noch Else Wegener, wohin Paul geflüchtet und ob er weiterhin in Sicherheit war.

„Paul", die junge und schöne Antonie war aufgeregt in die Schneiderei gelaufen. „die Deutschen sind in Belgien und den Niederlande eingefallen und im Vormarsch. Es gibt Krieg, auch hier."
Paul musste trotz der Dramatik der Situation schmunzeln. Er hatte es gut getroffen. Das jüdische Ehepaar, bei dem Paul untergebracht worden war, betrieb eine kleine Schneiderei in

einem Dorf nahe Reims und Paul hatte neben dem Familienanschluss gleich einen beruflichen Start gefunden. Antonie war wirklich eine Augenweide, hätte seine Kathi nicht auf ihn gewartet, er hätte schwach werden können. Das hübsche Mädchen hatte offensichtlich ein Faible für ihn, obwohl er bislang nur wenige Worte der französischen Sprache beherrschte. Dafür sprach Antonie sehr gut deutsch und glich seine Defizite spielend aus.

„Mach dir nicht zu viele Sorgen, Frankreich hat eine starke Armee und wird die deutschen Truppen zum Stehen bringen. Hitler hat sich übernommen, du wirst sehen. Im letzten Krieg haben sich die Deutschen an der französischen Armee die Zähne ausgebissen."

„Ich habe Angst. Angst um meine Eltern, um dich und auch um mich. Der Krieg ist etwas Schreckliches."

„Natürlich, aber wenn Hitler gestoppt werden kann, dann nur durch Frankreich und England. Kein Mensch will den Krieg, aber gegen ein solches Regime hat niemand eine Wahl. Kämpfen oder Untergehen. Das ist die bittere Alternative. Die Franzosen werden kämpfen, mit den Engländern. Du wirst sehen."

Es tat Paul ausgesprochen gut, einmal selbst Trost spenden zu können. Allzu oft hatte er in den letzten Jahren des Trostes bedurft. Insgeheim hoffte Paul, die Franzosen würden nicht nur ihr Land verteidigen, sondern gleich auch noch

Deutschland von der Nazidiktatur befreien. Nein, es gab keinen Grund, diesen Krieg nicht zu wollen. Einen Moment überlegte Paul, ob er sich nicht freiwillig zur französischen Armee melden sollte. Aber er hatte seinen Rettern zugesagt, hier in diesem Dorf zu bleiben und selbst Verfolgte zu übernehmen, wenn diese auf der Flucht Hilfe benötigten und sie dann weiter zu seinen nächsten Kontakten zu transportieren. Zwei Mal war das bislang in der kurzen Zeit vorgekommen, ein sozialdemokratischer Genosse, der aufgeflogen war, musste kurzfristig in Sicherheit gebracht werden und ein für Paul nicht einschätzbarer Mann, der ihm für einen Tag übergeben worden war. Pauls Aufgabe bestand darin, seinen Kontakt zu informieren und eine Transportmöglichkeit unauffällig zu organisieren. Wohin die Verfolgten danach weiter gebracht wurden, konnte und durfte ihn nicht interessieren, er hatte seine Verpflichtung zu erfüllen, nicht mehr und nicht weniger. Die Sorge um seinen Vater und der fehlende Kontakt zu seiner Mutter und Kathi bedrückte, ihn, aber die Regeln der Organisation waren klar und durften keinesfalls gebrochen werden. Und so fügte sich Paul in das Unabänderliche, darauf hoffend, dass diese Zeit begrenzt bleiben würde.

Antonie war in die elterliche Wohnung zurückgekehrt. Pauls Reaktion hatte sie beruhigt. Sicher würden die französische und

die britische Armee den Kämpfenden in Belgien und Holland helfen und die Deutschen zurückwerfen.
Sie hatte Paul in der kurzen Zeit lieb gewonnen und wollte sich nicht ausmalen, dass ihre Begegnung enden würde. Paul war seltsam reserviert, aber das würde sich mit der Zeit schon geben. Er hatte sich gut eingelebt und Antonie hatte das Gefühl, dass er männlicher geworden war. Sicherer und bestimmter, nicht mehr verschüchtert und verängstigt, wie in den ersten Tagen nach seiner Ankunft. Sie wusste wenig von Paul, das machte nichts, sie musste ihm einfach die Zeit lassen. Über Deutschland hatte er kaum gesprochen, lediglich über seine Zeit als Fußballspieler. Antonie konnte ihn sich gut auf dem Fußballplatz vorstellen, weiter wagte sie im Moment nicht zu träumen. Aber sie hatte Zeit, viel Zeit. So jung und ungestüm sie ansonsten war, bei Paul hatte sie gespürt, dass sie ihn auf keinen Fall unter Druck setzen durfte. Das würde alles kaputt machen.

Die Nachricht Antonies hatte Paul stärker beunruhigt, als er ihr gegenüber zugegeben hatte. Was, wenn Hitler auch noch in Frankreich einfallen würde? Er würde beim nächsten Aufeinandertreffen mit seinem Kontaktmann sicherheitshalber die Frage stellen. Die Vorstellung, schon wieder flüchten zu müssen, war nicht gerade angenehm, jetzt, wo er sich gerade eingelebt und angefangen hatte, sich wohl zu fühlen. Hatte die

Organisation überhaupt die Möglichkeit, weitere Fluchten zu organisieren? Er mochte sich nicht ausmalen, wohin diese Reise noch führen konnte. Und er würde sich immer weiter von seiner Familie entfernen. Noch immer hatte Paul nicht die leiseste Ahnung, woher die Mitglieder der Organisation kamen und welche Möglichkeiten überhaupt bestanden. Die Longchamps, bei denen Paul untergekommen war, gehörten allenfalls am Rande dazu, so viel war Paul klar geworden. Noch hatte Paul kein unbefristetes Visum für Frankreich erhalten und er konnte sich vorstellen, dass die staatlichen Stellen in dieser Zeit andere Sorgen hatten, als einem geflüchteten, von den Nazis so bezeichneten, Halbjuden aus Deutschland rasch zu einem solchen zu verhelfen. Zwar war sein Visum bislang im Halbjahresrhythmus automatisch verlängert worden, aber wie würde sich das unter Kriegsbedingungen weiter entwickeln? Konnte er weiterhin auf die Gastfreundschaft Frankreichs rechnen?

Paul wusste nicht, dass die Widerstandsgruppe in Deutschland aufgeflogen und Karlheinz verhaftet worden war. Der Schlosser, der bereits in Dachau eingesessen hatte, wurde in den Kellern der Gestapo, die Ende 1939 ein Haus in der Lindenstraße 47 erworben hatte, übel gefoltert. Er hatte sich auf diese Situation immer wieder geistig vorbereitet, das Risiko war ja bekannt gewesen. Dennoch erforderte es eine fast unmenschliche Kraft weiter zu schweigen. Andeutungen der Gestapo legten den Schluss nahe, dass auch andere Mitglieder der Gruppe gefangen genommen worden waren. Wer nun noch übrig und in Freiheit war, blieb unklar, aber es war zu befürchten, dass alle Maßnahmen der Geheimhaltung weitgehend wirkungslos geblieben waren. Immerhin konnte keiner der Verhafteten allzu viel sagen, jeder für sich kannte allenfalls ein oder zwei Namen. Seine Chancen, diese Verhaftung zu überleben, waren ohnehin gering. Wer einmal in den Fängen des Regimes war, dem blieben nicht sehr viele Möglichkeiten, egal ob er die Genossen verriet oder nicht. Da war Schweigen die bessere von zwei Möglichkeiten. Er hoffte nur, dass die Frauen und Paul in Sicherheit waren. Diese Katharina hatte ihm gefallen, das Mädel hatte Mut und Intelligenz bewiesen. Schade, dass er sie nicht näher kennenlernen durfte.

Von allem, was zwischenzeitlich in Deutschland passierte, wusste Paul nichts. Sein Kontakt in Frankreich hatte sich nicht mehr gemeldet und Paul seinerseits auch keine Möglichkeit der Kontaktaufnahme. Im besten Fall war sein Kontakt zur französischen Armee eingezogen worden und kämpfte bereits an der Front. Paul beschloss, maximal vier Monate zu warten, dann würde er von sich aus versuchen, mit den Liebsten zu Hause in irgendeiner Weise in Kontakt zu kommen. Nach einer derart langen Zeit, so vermutete Paul, wäre mit weiteren

Diensten für die Organisation nicht zu rechnen und er könnte auf eigene Faust handeln. Bis dahin bedurfte es der Geduld. Paul hoffte, dass das Kriegsglück der Deutschen aufgebraucht wäre und die Stimmung in Deutschland sich gegen Hitler wenden würde. Immerhin war in der älteren Generation noch der Schrecken des letzten Krieges präsent. Auch wenn sein Vater nicht sehr viel über die Zeit im Schützengraben erzählt hatte, so konnte sich Paul vorstellen, was es bedeutete, in einem solchen Krieg Soldat zu sein. Vielleicht würden die Deutschen ja die Kraft aufbringen, Hitler davon zu jagen, wenn erst einmal klar würde, welche Lasten ihnen und künftigen Generationen auferlegt werden sollten.

Aber was, wenn die deutschen Armeen weiter vorstoßen und gar Frankreich besetzen würden. Dann wäre nicht nur er selbst, sondern auch seine Gastgeber, die Longchamps in größter Gefahr. Er würde die kommenden Tage und Wochen die Situation an der Front genau beobachten und, sollten die Deutschen tatsächlich näher rücken, Antonie und ihre Eltern warnen. Auch er konnte in einem solchen Fall nicht bleiben. Die Alternativen waren rar gesät, entweder würde sich sein Kontaktmann aus der Organisation melden, oder er müsste sich auf eigene Faust durchschlagen. Nur, falls das einträte, wohin gehen? Paul spürte, dass er sich diesen Fragen würde stellen müssen. Einstweilen hatte er noch keine Antworten und hoffte, dass sich sein Kontaktmann rechtzeitig melden würde.

Die ersten beiden Wochen nach Beginn des deutschen Angriffs ließen wenig Hoffnung, dass es den belgischen, niederländischen, britischen und französischen Kräften gelingen könne, die Invasion rasch zu stoppen. Noch konzentrierte sich der Angriff der Deutschen auf den Norden, Reims und Umgebung waren nicht in direkter Gefahr, aber sowohl Paul als auch Antonie verfolgten mit wachsender Sorge die Entwicklung. Paul hatte sich entschlossen, mit Antonie offen zu reden und mit ihr zu beratschlagen, was im Falle eines deutschen Durchbruchs in Richtung Reims getan werden könne. Nachdem die britischen und ein Teil der eingeschlossenen französischen Truppen im Norden über die Verteidigung von Dünkirchen nach England verschifft werden konnte, war Paul klar, dass es nur eine Frage der Zeit sein konnte, bis sich die Wehrmacht in Richtung Paris und Reims orientieren würde.

„Antonie, ich muss über etwas sehr Ernstes mit dir reden. Wir müssen uns darauf einstellen, dass wir fliehen müssen. Die Situation sieht nicht gut aus. Und wenn die Deutschen hier sind, dann sind sowohl deine Eltern und du als auch ich in Gefahr. Ich werde auf jeden Fall versuchen, mich in Richtung Süden durchzuschlagen, vielleicht gelingt es mir nach Spanien zu kommen und von dort aus weiter. Wohin, das weiß ich jetzt noch nicht. Ihr solltet rechtzeitig mit mir kommen. Je früher, je besser.“

„Es ist schrecklich, nicht wahr?"
„Ja, und es macht wenig Sinn, darauf zu hoffen, dass sich die Situation ändert. Die bei Dünkirchen eingeschlossenen britischen und französischen Truppen werden nach England verschifft und der verbleibende Rest der französischen Armee wird wohl kaum mit Hitlers Invasion alleine fertig. Je früher wir hier weggehen, um so besser."
„Wir müssen zusammen mit meinen Eltern reden, ich kann mir nicht vorstellen, dass ich alleine die beiden überzeugen kann. Hilfst du mir?"
„Natürlich. Ich möchte doch auch nicht, dass du oder deine Eltern in die Hände dieser Bestien fallen."
„Was schlägst du vor, meinst du, wir sollen mit in den Süden gehen?"
„Ja, ich sehe als einzige Chance den Süden, von dort aus sehen wir dann weiter."
„Ich hoffe, dass meine Eltern mitkommen. Aber du musst mir versprechen, wenn wir hier bleiben, wirst du dennoch gehen. Versprichst du mir das?"
„Ungern, ich will euch hier nicht in Gefahr sehen."

Das Gespräch mit den Eltern, das Paul und Antonie erbeten hatten, war einen Tag später wenig erfreulich verlaufen. Weder Paul noch Antonie war es gelungen, die Eltern von der Notwendigkeit der Flucht aus Reims zu überzeugen. Paul fühlte sich teilweise an die Gespräche mit seinen Eltern, insbesondere mit seiner heimatverbundenen Mutter erinnert, die ähnliche Bedenken und Probleme mit dem Gedanken, die Heimat zu verlassen, hatte. Auch für Antonie war klar, dass sie keinesfalls ihre Eltern im Stich lassen würde und so musste Paul die Entscheidung für sich treffen.

Da keine regulären Züge mehr fuhren, sämtliche Transportmittel waren für das Militär reserviert, machte sich Paul zu Fuß auf den Weg, darauf hoffend, dass er die eine oder andere Mitfahrgelegenheit unterwegs finden könnte. Das Unterfangen war nicht ungefährlich, immerhin hatte er immer noch seinen deutschen Pass und das französische Visum, er konnte jederzeit von den französischen Behörden verhaftet und festgesetzt werden. Der Abschied von seiner gastfreundlichen Familie fiel ihm schwer, auch wenn er sich bemühte, das weder dem Mädchen noch den Eltern zu zeigen.

Gefangenschaft

Paul war in den ersten Tagen nach dem Abschied von den Longchamps gut vorwärts gekommen. Ein LKW Fahrer, der Lebensmittel für die Armee transportierte, hatte ihn mitleidig mitgenommen und so Paul fast achtzig Kilometer Fußmarsch erspart.

Die Lage an der Front hatte sich zugespitzt, Dünkirchen war gefallen und die deutschen Truppen stießen von Norden auf Paris und das Innere Frankreichs vor, italienische Truppen, die bislang zurückhaltend agiert hatten, von Süden in Richtung des Landesinneren und der Südküste vor, erzielten gegen den erbitterten Widerstand der französischen Armee aber lediglich geringe Geländegewinne. Am 14. Juni wurde Paris eingenommen, rasche Geländegewinne der deutschen Panzertruppen führten dazu, dass die französische Armee vollkommen eingeschlossen wurde. Am 22. Juni wurde in Compiègne der Waffenstillstand zwischen Deutschland und Frankreich geschlossen, ab dem 25. Juni ruhten die Waffen.

Paul war zu diesem Zeitpunkt inmitten des von Deutschen besetzten Gebiets und hatte sich entschlossen, nur noch nachts und möglichst in Deckung des Waldes zu marschieren, um den nicht von Deutschen besetzten Teil Frankreichs zu erreichen. Er kam nur noch langsam voran und der Hunger plagte ihn. Zwei bis drei Mal hatten ihm mitleidige Bauern etwas zu essen gegeben, wie oft er von den Höfen verjagt worden war, wollte er schon nicht mehr zählen. Die nächtliche Wanderung wurde immer gefährlicher, mehrfach hatte Paul weiträumig deutsche Truppen umgehen müssen und dabei einige Tage verloren. Lediglich die Erinnerung an die Qualen, die sein Vater und der Bruder des Vaters durchgemacht hatten, verhinderte, dass Paul sich resigniert stellte. Wie mochte es wohl Antonie und ihren Eltern ergangen sein? Der Hunger und die Aussicht, nicht besetztes Gebiet zu erreichen, trieben Paul vorwärts. Schlimmstenfalls, so seine Überlegung, würde er versuchen sich bis Spanien durchzuschlagen, um von dort aus sicheren Boden zu erreichen. Mehr als einmal hatte Paul sich gefragt, ob es nicht doch besser gewesen wäre, in Frankfurt zu bleiben. Aus der Distanz erschien auch Karl Lederers Dachkammer nicht mehr so schrecklich und seine Familie und Katharina fehlten ihm sehr.

Da er vorsichtig sein musste, schaffte er pro Nacht nicht mehr als dreißig Kilometer, an schlechten Tagen waren es auch weniger. Tagsüber suchte er sich auf abgelegenen Bauernhöfen in Scheunen oder anderen Nebengebäuden ein Versteck, um wenigstens einige Stunden zu schlafen. Mehrfach hatte er von wütenden Bauern, die in ihm einen Dieb vermuteten, ordentlich Prügel bezogen. Aber ein paar Stunden Schlaf waren wichtiger als die Prügel und oft genug war es ihm gelungen, rechtzeitig sein Versteck zu verlassen. Antonie hatte ihm zum Abschied noch einen Kompass geschenkt, der gute Dienste leistete. Glücklicherweise waren es warme Sommertage, so dass wenigstens die Nächte, die Paul im Freien verbringen musste, gut durchgestanden werden konnten. Dennoch grenzte es an ein Wunder, dass er es tatsächlich schaffte, im nicht besetzten Teil Frankreichs anzukommen. Sicherheitshalber war Paul, nachdem er festgestellt hatte, dass deutsche Truppen seinen Weg nicht mehr gekreuzt hatten, noch drei Nächte weiter marschiert, dann stellte er sich in einem kleinen Ort südlich von Vichy einem französischen Gendarmen. Paul ärgerte sich, dass er Antonies Angebot zum Sprachunterricht nicht ernster genommen hatte, aber dieser Fehler war nun einmal nicht mehr gut zu machen. Sein Visum, ausgestellt von den Behörden der eben untergegangenen französischen Republik war noch gültig und Paul hoffte, dass er erst einmal bleiben könnte. Der Gendarm sah gutmütig und wohlgenährt aus und Pauls Hoffnung, auf der Wache etwas zu Essen zu erhalten, sollte sich erfüllen. Während er aß, soweit reichten seine wenigen Vokabeln aus, telefonierten die Gendarmen des kleinen Ortes mit ihren Vorgesetzten in Vichy. Paul verstand nicht, was der Inhalt des Telefonats war, aber angesichts des reichhaltig gedeckten Tisches war das sekundär. Er hatte den Hunger eines kaukasischen Bären und langte mit Freuden ordentlich zu. Der Gendarm ermunterte ihn, keinesfalls aufzugeben und schleppte immer neue Köstlichkeiten, auf die er so lange hatte verzichten müssen, an und Paul wähnte sich gerade im Paradies. Sollte er inhaftiert werden, bei dieser Verpflegung auch kein Problem, dachte er bei sich, verschwieg diesen Gedanken aber wohlweislich. Nachdem Paul seinen leeren Magen gefüllt hatte, grinste der Gendarm, dessen Namen Paul immer noch nicht kannte und Paul suchte seine Vokabelkenntnisse zusammen, um sich wenigstens halbwegs formvollendet zu bedanken.

Nachdem der Gendarm die Überreste beiseite geräumt hatte, bedeutete er ihm, dass sie leider noch heute Abend nach Vichy fahren müssten. Offensichtlich hatte er mit seinem Vorgesetzten telefoniert und Paul bedauerte, die gastliche Stätte schon wieder verlassen zu müssen. Er hatte es gut getroffen und war in Sicherheit. Paul hoffte, dass es Antonie und ihren Eltern gut ergangen war, Reims lag nun im von Deutschen besetzten Teil Frankreichs. Würde er mit seiner Mutter und Katharina Kontakt aufnehmen dürfen? Seit seiner Flucht hatte er nichts mehr von beiden Frauen gehört und der Drang, Kontakt aufzunehmen, war immer stärker geworden. Das Kontaktverbot der Organisation hatte angesichts der Entwicklung wohl keine Bedeutung mehr und Paul sah keinen Grund, warum das nicht möglich sein sollte.

Der Gendarm brachte Paul zu seinem Polizeiwagen, der vor der Wache geparkt war, und bat Paul, auf dem Beifahrersitz Platz zu nehmen. Der Wagen hatte schon einige Jahre auf dem

Buckel und sah für Paul genau so heimelig aus, wie der gemütliche Gendarm, der etwas Väterliches an sich hatte. Es wären nach Vichy nur wenige Kilometer, so viel hatte Paul verstanden, als die beiden losfuhren. Unterwegs, sie waren noch keine fünf Kilometer gefahren, hielt der Gendarm plötzlich an und bedeutete Paul, dass er austreten müsste. Er entfernte sich vom Wagen und verschwand hinter einem der dichten Büsche im Wald. Weit und breit war keine Menschenseele zu sehen und Paul wunderte sich noch, warum sein freundlicher Begleiter nicht auf der Wache auf die Toilette gegangen war. Es dauerte eine Weile, bis der Gendarm wieder zurückkam und beide wieder losfahren konnten. Den Rest des Weges schwieg sein freundlicher Begleiter, was Paul, der seinen Gedanken an Katharina und die Mutter nachhängen konnte, nicht unlieb war. Erst später wurde Paul bewusst, dass ihm der französische Gendarm mit der Pause eine letzte Gelegenheit zur Flucht bieten wollte.

Zur gleichen Zeit, als Paul auf dem Weg nach Vichy war, erhielt Pauls Mutter einen unerwarteten Besuch. Ein Mithäftling ihres Mannes, der bis vor kurzem ebenfalls in Buchenwald eingesessen hatte, brachte ihr die erste nicht zensierte Nachricht von Günter. Der Brief, mit Bleistift auf einen Fetzen Papier geschrieben, hatte mit „Liebe Else“ begonnen.

„Sicher hast Du dir schon viele Sorgen gemacht. Es ist so, wie viele befürchten, diese Konzentrationslager sind die Hölle. Ich habe noch großes Glück gehabt und bin im Innendienst in der Wäscherei zugeteilt. Man kann es in Buchenwald schlechter treffen. Ganz schlimm sind die Außenkommandos, das überlebt auf Dauer auch der Kräftigste nicht. Dem Mann, der dir diesen Brief überbringt, kannst du trauen, er ist ein guter Kamerad. Einer von denen, die helfen, wo sie nur können. Es gibt auch andere, die sich als brutale Schläger hervortun und die Häftlinge genau so quälen, wie die SS. Ganz schlimm sind die gewöhnlichen Verbrecher, auch diese gibt es hier, nicht nur politisch oder rassisch Verfolgte. Meine liebe Else, sei versichert, ich unternehme alles, um wieder heil zu Euch nach Hause zurück zu kommen. Ihr fehlt mir sehr. Grüße mir den Paul und drücke ihn ganz fest von mir.
Dein Günter"

Während Else Wegener den Brief ihres Mannes las, hatte der Überbringer der Botschaft taktvoll im Hintergrund gewartet. Mit Tränen in den Augen legte Else Wegener den Brief beiseite.
„Ihr Mann bat mich, Ihnen noch einiges auszurichten. Sie können mich aber gerne auch fragen, ich will versuchen, so gut ich kann, zu antworten."
„Danke, dass sie mir diesen Brief meines Mannes überbracht haben. Bitte erzählen sie mir, wie es ihm geht."

„Für Buchenwalder Verhältnisse hat ihr Mann es noch ganz gut getroffen. Das Wäschereikommando muss zwar rund um die Uhr arbeiten, aber die Kameraden haben es wenigstens warm und müssen nicht bei Wind und Wetter draußen Steine schleppen und extrem harte Arbeit verrichten. Sie müssen sich keine Sorgen machen, wie gesagt, für Buchenwalder Verhältnisse geht es ihm gut. Er lässt ihnen ausrichten, dass er weiterhin um Lebensmittelsendungen bittet, das ist fast wichtiger als Kleidung. Leider kommt nicht alles, was sie ihm senden, auch an. Sowohl die SS als auch Lagerhäftlinge bereichern sich zuvor an den Paketen und nur ein Teil dessen, was ihrem Mann zugedacht ist, wird ihn auch erreichen. Aber das, was ihn erreicht, hilft ihm weiter und was er nicht selbst isst, kann er eintauschen. Er muss sich ja auch seinen Kapo bei Laune halten, auch das kostet. Geld brauchen sie ihm nicht zu schicken, davon kommt so gut wie nichts an. Und bitte senden sie keine Besuchsanfragen mehr. Die werden ohnehin alle abgelehnt und oft genug bekommt der Häftling, wenn solche Anfragen kommen, von der SS auch noch Hiebe. Das waren die wichtigsten Bitten ihres Mannes."

„Können sie mir sagen, ob mein Mann eine Chance hat freigelassen zu werden und ob ich noch etwas für seine Freilassung tun kann?"

„Die Chance existiert immer, aber man muss ehrlich sein, sie ist gering. So lange ihr Mann keinen prominenten Gönner bei der SS hat, und einen solchen bekommt man nur gegen Bares, wird es schwierig bis unmöglich. Ich will ihnen da nichts vormachen, aber so ist das leider."

„Danke für ihre offene Darstellung, man hört so vieles und hofft, dass es nur Gerüchte sind."

„Ich habe auch vieles gehört, aber sie können mir glauben, es ist noch schlimmer als alles, was sich die Menschen hier in Frankfurt oder sonst wo ausmalen. Wie gesagt, ihr Mann hat mit seinem Arbeitskommando noch ausgesprochenes Glück gehabt. Und er hat Geschick und Mut und hat mit seinen Möglichkeiten anderen Häftlingen schon sehr geholfen. Er hat ein hohes Ansehen unter den Kameraden."

„Ich bin nur froh, dass Günter lebt. Haben Sie eine Möglichkeit, ihm eine Nachricht zukommen zu lassen?"

„Gott bewahre, nein. Da müsste ich ja wieder dort eingeliefert werden. Das versuche ich schon zu vermeiden. Und teilen sie ihm auf keinen Fall mit, dass sein Brief angekommen ist, sobald die SS misstrauisch wird, ist das Leben eines Häftlings nichts mehr wert. Sie müssen versuchen mit Ihren Paketen und Karten einen unverdächtigen Code zu finden, den nur sie und ihr Mann entschlüsseln kann. Beispielsweise mit Erinnerungen an frühere Ereignisse. Etwas, das kein noch so misstrauischer SS Scherge wissen kann."

„Was werden sie nun machen? Leben sie auch hier in Frankfurt?"

„Nein, ich lebe bei Verwandten in Hanau und habe dort auch Arbeit gefunden. Ich stehe unter ständiger Beobachtung und muss aufpassen, dass ich nicht den geringsten Verdacht errege. Selbst mein Besuch hier ist eine Gefährdung. Aber ich hatte es ihrem Günter, der mir in Buchenwald sehr geholfen hat, versprochen. Ohne ihren Mann wäre ich vermutlich nicht mehr am Leben."
„Das tut mir leid, ich will sie natürlich nicht in Gefahr bringen."
„Ich werde nun auch mal gehen, Frau Wegener. Machen sie es gut und passen sie auf sich auf. Es wird einmal die Zeit kommen, dann ist dieser ganze Spuk vorbei und wir werden wieder normal leben können."
„Machen sie es auch gut. Ich wünsche ihnen alles Gute."

Nachdem der Fremde, dessen Namen Else Wegener noch nicht einmal wusste, gegangen war, saß sie noch lange am Tisch. Günter lebte und es ging ihm noch vergleichsweise gut. Das war erst einmal die Hauptsache. Und sie hatte einige wichtige Hinweise erhalten, die sie befolgen würde. Es war also üblich und nicht nur dem Charakter Werner Anhäusers zuzuschreiben, Häftlinge freizukaufen. Auch der Orden der Herrenmenschen, die SS, nichts weiter als ein korrupter Haufen. Sie musste es irgendwie schaffen, das Geld für die Bestechung zusammenzubekommen. Hoffentlich ging es wenigstens ihrem Paul gut. Sie hatte noch immer keine Nachricht von ihrem Sohn und Else Wegener wusste von Katharina, dass die Organisation ein striktes Kontaktverbot erlassen hatte, um andere und sich selbst nicht zu gefährden.

Zur gleichen Zeit saß Paul in einer Zelle in Vichy. Der Gendarm hatte ihn abgeliefert und war nach einem letzten Gruß wieder davon gegangen. Er sehnte sich nach einer Runde Schlaf und legte sich auf die Pritsche seiner karg möblierten Zelle. Wenige Minuten später war er tief eingeschlafen. Er träumte, er wäre mit seiner Katharina auf einer wunderschönen Waldwiese im Sommer. Wunderbare Gerüche nach Wildblumen und Kräutern umgaben sie und Katharina sah hinreißend in ihrem weißen Kleid aus. So wanderten sie über die Wiese und kamen an einen kleinen Bach. Katharina hatte die Füße ins Wasser gesteckt und Paul zugerufen, er möge es ihr gleich tun. Das Wasser wäre herrlich.

Es dauerte einen kleinen Moment, bis Paul begriffen hatte, dass tatsächlich nach ihm gerufen worden war. Aber es war nicht Katharina, sondern ein französischer Polizist, der ihn recht unsanft aus seinem Traum weckte. Mit einem Schlag wurde ihm wieder bewusst, wo er sich befand.
„Ziehen sie sich die Schuhe an, wir müssen los." Der Beamte sprach deutsch mit einem deutlichen französischen Akzent.

„Wohin gehen wir?"
„Das werden sie dann schon sehen, nun machen sie schon." Der Beamte war deutlich unfreundlicher als der Gendarm zuvor. Er bedeutete Paul, dass er sich beeilen solle und Paul zog seine Schuhe schnell an. Es ärgerte ihn, dass er aus seinem schönen Traum gerissen worden war und er hatte Sehnsucht nach seiner Familie und seiner Katharina, nach einer Vergangenheit, die auf einmal so weit weg schien. Eine Antwort auf seine Frage durfte Paul offensichtlich nicht erwarten, also fügte er sich wortlos in die Anweisungen und setzte sich auf die Rückbank des Polizeiautos. Vorn saß neben dem Beamten, der ihn abgeholt hatte, ein zweiter Beamter. Die Fahrt verlief schweigsam und Paul war es recht, wirkten doch die beiden französischen Polizisten unfreundlich und unangenehm. So konnte er wenigstens seinen Gedanken und Erinnerungen nachhängen und wurde nicht gestört.
Nach zweieinhalb Stunden Fahrt bogen sie in einen Park ein und fuhren auf ein schlossähnliches Gebäude zu. Mit Erschrecken sah Paul die überdimensionale Hakenkreuzfahne über dem Portal hängen und erkannte mit einem Schlag seinen Irrtum. Er befand sich zwar immer noch in Frankreich, aber auf besetztem Gebiet und die Franzosen hatten ihn soeben seinen Häschern übergeben.

Das kalte Wasser prasselte auf seinen Körper. Langsam kam Paul wieder zu Bewusstsein. Sie hatten ihn drei Stunden in die Mangel genommen. Der kultiviert scheinende SS Mann, der das Verhör führte und der stiernackige Bulle, der offensichtlich für die Drecksarbeit zuständig war. Sie wollten wissen, wer ihm zur Flucht aus Deutschland verholfen hatte und bei wem er in Frankreich untergekommen war. Paul sah Antonie vor seinem inneren Auge und schwieg beharrlich. Die Schmerzen, die ihm der Stiernackige zugefügt hatte, waren unbeschreiblich und Paul wusste nicht, ob es ihm gelingen würde, dicht zu halten. Da Paul den Namen seines Kontaktmannes, der ihn zu den Longchamps gebracht hatte, nicht kannte, konnte er in diesem Punkt nichts sagen. Aber würde es ihm gelingen, in Bezug auf die Longchamps durchzuhalten? Die Deutschen hatten seine französischen Visa und konnten so zumindest die Region eingrenzen. Und sie wussten, dass er für längere Zeit in Frankreich gelebt hatte, er konnte sich also nicht damit herausreden, er hätte irgendwo in der Wildnis kampiert. Wie lange konnte ein Mensch Folter durchhalten ohne verrückt zu werden?

„Herr Wegener", der kultivierte SS Mann sprach Paul mit einem sarkastischen Lächeln an. „Es ehrt sie zwar, dass sie ihre französischen Freunde nicht verraten wollen, wir waren aber in der Zwischenzeit auch nicht untätig. Die Longchamps sind

verhaftet, sie können also ruhig zugeben, wo sie in ihrer Zeit in Frankreich waren. Die französischen Behörden sind ausgesprochen kooperativ und wir erfahren ohnehin alles."
Pauls Herz krampfte sich zusammen, die Longchamps bereits verhaftet. Und Antonie, die Zerbrechliche, in den Händen dieser Bestien, das Mädchen, das noch so wenig vom Leben gesehen und erlebt hatte. Es blieb ihm wohl nichts übrig, als seinen Aufenthalt bei den Longchamps zuzugeben.
„Ja, das stimmt, die Longchamps haben mich aufgenommen."
„Na sehen sie, es geht doch. Ich sage immer, mit ein wenig Überzeugungskraft bringen wir alle zum Reden. Dann können sie mir ja nun auch denjenigen nennen, der sie zu den Longchamps gebracht hat, oder?"
„Ich weiß es wirklich nicht." Noch bevor Paul diesen kurzen Satz beendet hatte, traf ihn schon wieder ein Schlag des Stiernackigen, diesmal in Höhe der Leber, die ohnehin schon brutal zu schmerzen begonnen hatte.
„Unser Karl wird langsam ungeduldig. Und sie wollen doch nicht, dass er noch einmal völlig ausrastet. Sehen sie, Karl und ich haben in den letzten Wochen kaum geschlafen und waren an insgesamt sieben unterschiedlichen Orten im Einsatz. Irgendwann wollen auch wir mal zu Ergebnissen kommen, also machen sie uns das Leben doch nicht noch schwerer."
Die letzten Sätze hatte der SS Offizier mit leiser, aber keineswegs weniger bedrohlicher Stimme gesprochen. Paul war

klar, dass das Potential des Karl genannten Schlägers noch lange nicht ausgereizt war. Die beiden schienen ein eingespieltes Team zu sein und hatten dieses rollenverteilte Verhör mit Sicherheit nicht zum ersten Mal praktiziert. Er musste sich dringend etwas einfallen lassen, die würden weitermachen und er durfte nicht auch noch Kathi und die Organisation gefährden. Er musste also den Schergen etwas sagen, das ausreichend glaubwürdig klang, aber niemanden in Gefahr brachte und möglichst weit von Kathi und ihren Helfern wegführte. Sein Kopf drehte sich und Paul hoffte nur, dass es ihm bei allen Schmerzen gelingen würde, eine Geschichte zu erfinden, die sein Gegenüber zufrieden stellen würde. Er musste sich dringend etwas einfallen lassen, er würde nicht mehr lange durchhalten.

„Wenn ich rede, bringen sie mich dann um?"

„Nicht doch, wie kommen sie denn auf diese Idee. Wir sind doch keine Unmenschen." Das schmale Lächeln des SS Offiziers erinnerte Paul an eine Szene des einzigen Theaterstücks, das er mit Katharina zusammen angesehen hatte. Der Mephisto des Theaterstücks hatte mit genau so einem Lächeln den Faust ins Verderben, das Verderben Gretchens, geführt. Kathi durfte sein Gretchen nicht werden.

Der SS Offizier hatte dem stiernackigen Karl einen Wink gegeben und dieser hatte sich dezent aus dem Verhörraum entfernt.

„Sehen sie, wir sind unter uns. Karl kann sich jetzt zur Ruhe begeben, die hat er nach dem langen Dienst auch längst verdient. Gut, dass sie eingesehen haben, dass Leugnen ohnehin nichts hilft. Wir werden schon miteinander klar kommen."
In aller Eile hatte sich Paul mit schmerzendem Kopf eine Geschichte ausgedacht, von der er hoffte, dass sie den SS Mann einigermaßen zufrieden stellen würde. Sicher war er sich da nicht, aber es war seine einzige Chance. Er musste so nahe wie möglich an der Wahrheit bleiben, durfte aber keineswegs Dinge verraten, die zu seiner Familie oder Katharina führen könnten. Antonie und ihrer Familie konnte er jetzt nicht mehr helfen, aber wenigstens das Schlimmste wollte er verhindern.
„Es stimmt. Ich war bei den Longchamps, mehrere Monate sogar. Ich habe dort gearbeitet und gelebt."
„Das wissen wir doch schon längst", der SS Mann wirkte ausgesprochen ungehalten. „Wie sind sie dorthin gekommen? Wer hat sie dorthin gebracht? Welche Organisation steht hinter ihrer Flucht? Wie sind sie aus Frankfurt weggekommen? Wer hat sie aus Frankfurt weggebracht? Wer hat sie in Frankreich in Empfang genommen und zu den Longchamps gebracht? Welche Transportmittel hatten sie benutzt? Wie sind sie überhaupt über die Grenze gekommen? Jetzt aber los, sonst muss ich Karl aus seinem verdienten Schlaf wecken und dann wird er erst richtig böse."

„Ich war vor 33 doch Fußballspieler. Bei der Eintracht in Frankfurt. Durfte zwar ab 33 als Halbjude nicht mehr spielen, hatte aber durch den Sport viele Kontakte und später dann bei einem jüdischen Fußballverein, dem Schild begonnen zu spielen. Es muss im Sommer 38 gewesen sein, so ganz genau erinnere ich mich da nicht. Da hat mich im Café Hanselmann einer angesprochen, der mich wohl vom Fußball her kannte. Er hatte mich gefragt, wie es mir geht und warum ich nicht mehr bei der Eintracht spielen würde. Ich hatte ihm erzählt, dass ich als Halbjude bei der Eintracht nicht mehr spielen dürfte und er war wohl enttäuscht, denn ich hatte den Eindruck, er wollte mich zu einem anderen Verein abwerben. Nach meinem Geständnis hat er das dann unterlassen und mich nach meiner Adresse gefragt. Ich habe mir dann keine weiteren Gedanken mehr gemacht und bin nach Hause gegangen."

„Wer war der Mann, den Namen brauche ich schon. Und was hat das mit ihrer Flucht zu tun?"

„Den Namen weiß ich nicht, er hat ihn mir nie gesagt. Ich hatte ihm nicht gesagt wo ich wohne, aber dass ich regelmäßig im Hanselmann sei und dass er mir dort jederzeit eine Nachricht hinterlegen könnte. Dann sind wir auseinander gegangen. Zwei Wochen später habe ich ihn wieder im Hanselmann getroffen. Er hat mich eingeladen, mit ihm spazieren zu gehen. Auf diesem Spaziergang hat er mir dann gesagt, dass es eine geheime Organisation gäbe, die fluchtwilligen Juden helfen würde, ins Ausland zu kommen. Alles sei aber streng konspirativ, niemand würde mehr als eine oder zwei Kontaktpersonen kennen und Namen wären nicht bekannt. Ich müsste mich verpflichten, wenn ich im Ausland sei, ebenfalls für die Organisation tätig zu sein und meinerseits anderen helfen, die Flucht fortzusetzen. Ich habe dieses Angebot als Chance begriffen und mich darauf eingelassen. Was blieb mir sonst auch übrig?"

„Interessant, es gibt also eine Organisation, die Juden zur Flucht verhilft. Welchen Namen hat diese Organisation? Wer führt sie an? Bitte etwas genauer."

„Das kann ich leider nicht sagen, alles blieb sehr konspirativ und mysteriös. Ich hatte zunächst nur mit meinem mir namentlich nicht bekannten Kontaktmann zu tun und wurde dann an eine Frau übergeben, die ich ebenfalls nicht mit Namen kennenlernte. Diese Frau hat mir gefälschte Papiere und eine Bahnfahrkarte übergeben und ich bin als Kaufmann und Vertreter einer Frankfurter Firma ganz legal nach Frankreich eingereist. In Reims wurde ich dann abgeholt und zu den Longchamps gebracht, die gefälschten Papiere hat der, der mich abgeholt hatte, wieder mitgenommen und ich bin mit meinem richtigen Pass zu den Franzosen gegangen und habe Asyl beantragt. Drei mal habe ich eine zeitlich befristete Aufenthaltsgenehmigung erhalten, über meinen Asylantrag ist bislang noch nicht entschieden worden."

„Und die Longchamps gehören ebenfalls zu dieser Organisation, richtig?"

„Das weiß ich nicht, ich glaube aber eher nicht. Wir haben ihnen gesagt, ich sei ein aus Deutschland geflüchteter Jude, der Schreckliches erlebt hatte, und würde in Frankreich Asyl und eine Arbeit suchen. Sie hatten wohl Mitleid und wollten mir einfach helfen."

„Nehmen wir mal an, ihre Geschichte stimmt bis hierher. Jetzt sind sie also über diese Organisation nach Frankreich gekommen und sollen ihrerseits der Organisation helfen. Wie lief das ab? Hatten sie einen Kontakt? Haben die sie kontaktiert?"

„Ich hatte einen Kontakt, aber auch hier kenne ich keinen Namen. Ich weiß nur, dass er eines Tages bei mir auftauchte und einen Brief mit Instruktionen hinterlegte. Mir wurde befohlen, einen Mann vom Bahnhof in Reims abzuholen, für eine Nacht bei den Longchamps unterzubringen und am nächsten Tag wieder zum Bahnhof zu bringen. Dort sollte ich dem Mann eine Fahrkarte nach Marseille kaufen und ihn in den Zug setzen. Den Longchamps sollte ich sagen, dass es ein Onkel auf der Durchreise wäre. Ich habe den Mann abgeholt und wie befohlen zu den Longchamps gebracht. Am nächsten Tag sind wir sehr früh wieder nach Reims aufgebrochen und ich habe ihn wie befohlen an den Bahnhof gebracht und die

Fahrkarte gekauft. Er ist dann in den Zug eingestiegen und nach Marseille gefahren."
„Beschreiben sie mir den Mann genau."
„Ich schätze, er war etwa fünfzig Jahre alt, mittelgroß und hatte dunkelbraunes Haar. Keine besonderen Merkmale oder Auffälligkeiten."
„Wie war er gekleidet? Hatte er einen Ring am Finger? Sprach er Hochdeutsch oder einen Dialekt? Ein wenig genauer müssen sie schon werden."
„Er hatte einen leichten Regenmantel an, darunter ein dunkler Anzug mit weißem Hemd. Schwarze Schuhe. Er sprach hochdeutsch, kein Dialekt. Es klang so, als käme er aus dem Norden Deutschlands. Einen Ring am Finger habe ich nicht gesehen."
„Wir werden ein Bild anfertigen und den Mann zur Fahndung ausschreiben. Ich schicke ihnen unseren Zeichner. Danach können sie sich erst einmal ausruhen."
Paul hoffte, dass seine Schilderung glaubwürdig genug klang. Er würde versuchen, sich das Gesicht Werner Anhäusers als Vorlage nehmen, dann konnte er das Bild notfalls aus der Erinnerung jederzeit reproduzieren, ohne dass allzu auffällige Unterschiede zwischen seinen Schilderungen auftauchen würden. Sie würden ihn sicher mehrfach verhören und es durften zwischen den Schilderungen keine Widersprüche entstehen. Er würde versuchen, die Aktionen der Nazis in so

viele Sackgassen, wie irgend möglich, zu locken. Die Longchamps hatten nicht so viel mitbekommen, alles, was seine Gastfamilie betraf, sollte so nahe es ging an der Wahrheit bleiben, ohne diese noch zusätzlich zu gefährden.
Das Bild anzufertigen hatte etwas mehr als eine Stunde gedauert, dann war Paul in eine Zelle geführt worden und konnte sich erstmalig ein wenig ausruhen. Sie würden ihn wieder und wieder vernehmen, vielleicht auch wieder foltern. Aber er würde sich nicht brechen lassen. Mit dem traurigen Gedanken an Antonie und ihre Familie, für die er nichts mehr tun konnte, schlief Paul schließlich auf der Pritsche ein.
Nach wenigen Stunden, Paul fühlte sich wie zerschlagen, wurde er schon wieder geweckt und erneut in den Verhörraum geführt. Der SS Mann, der ihn gestern verhört hatte, und der Stiernackige waren erneut anwesend. Auf dem Tisch lag die Zeichnung, die nach den Vorgaben Pauls gefertigt worden war.
„Herr Wegener“, da war sie wieder, die leise, Gefahr ausstrahlende Stimme des SS Mannes. „Was denken sie, haben wir mit dieser Zeichnung gemacht?“
„Ich weiß es nicht, den Mann zur Fahndung ausgeschrieben?“
Der Schlag des Stiernackigen traf ihn unvermutet und schmerzhaft. Paul, der nicht damit gerechnet hatte, sackte zusammen.
„Wir haben die Longchamps mit der Zeichnung konfrontiert. Weder das Mädchen, noch die Eltern, konnten mit der

Zeichnung etwas anfangen. Seit sie hier sind, versuchen sie uns hinzuhalten und in die Irre zu führen. Ich glaube, sie haben immer noch nicht verstanden, mit wem sie es hier zu tun haben. Abführen."

Ein dritter SS Mann und der Stiernackige brachten Paul in einen weiteren Kellerraum. Dort wurde Paul in der Mitte an einen Flaschenzug mit nach hinten gebundenen Händen aufgehängt. Mit einem scharfen Ruck hatte Karl am Flaschenzug gezogen und dabei Pauls Arme nach oben gerissen und ausgekugelt. Die Schmerzen waren höllisch und Paul wurde schwarz vor Augen. Der brutale Schlag in die Magengrube, den Karl grinsend ausgeführt hatte, führte dazu, dass Paul sich übergeben musste.

Die beiden SS Schergen betrieben ihr Werk mit einer satanischen Grausamkeit. Sie hatten offensichtlich Erfahrung und wussten genau, wie weit sie gehen konnten, ohne dass Paul ohnmächtig wurde. So blieb Paul nicht einmal der Ausweg in die erlösende Ohnmacht. Hätte er jetzt die Wahl gehabt, er hätte versucht sich umzubringen, um den Qualen ein Ende zu bereiten. Als die beiden Sadisten endlich fertig waren, wurde Paul mit einem Kübel stinkenden, eiskalten Wassers übergossen, in die Zelle zurückgeschleift und dort wie ein Stück Vieh einfach auf den Boden geworfen. Paul hatte das Gefühl, dass kein einziger Knochen seines Körpers mehr heil war. Der Schädel brummte und Lichtblitze drangen mit Messerschärfe immer wieder in das Dunkel. Paul versuchte den zerschundenen Körper wenigstens so zu drehen, dass er flach auf dem Rücken liegen konnte, aber selbst das wollte nicht gelingen. Er wusste nicht, wie lange er so auf dem Boden gelegen hatte, als Karl in seine Zelle kam und ihn wie einen nassen Sack einfach über die Schulter warf. Der SS Mann brachte ihn wieder in den Verhörraum, wo sein Peiniger erneut auf ihn wartete. Auch der Zeichner war wieder anwesend.

„So, dann fangen wir noch einmal an. Sie liefern uns jetzt eine genaue Beschreibung des Mannes, den sie bei den Longchamps untergebracht hatten. Unser Zeichner wird das im Bild umsetzen. Sie wissen ja, was passiert, wenn sie lügen. Und das war erst der Anfang, Karl hat viele Möglichkeiten, von denen sie nur einen kleinen Teil kennenlernen durften."

Paul hatte keinen Zweifel daran, dass die Möglichkeiten des Karl genannten Stiernackigen keineswegs ausgereizt waren. Er hatte in den wenigen klaren Momenten während der letzten Stunden gesehen, mit welcher Freude dieser Mensch ihn quälte, ein unvorstellbarer Sadist und Mörder. Für einige Zeit hatte Paul die Hölle gesehen, den Ort, an dem jegliche Menschlichkeit verloren ging.

Paul war klar, dass er sich ungeheuer konzentrieren musste, um eine der vorherigen Beschreibung identische Version folgen zu lassen. Er durfte nicht von seiner Version der Geschichte abweichen, das hätte den Schergen den Beweis für seine

Unaufrichtigkeit geliefert. Die wahnsinnigen Schmerzen und das Stechen im Kopf machten die Konzentration auf die Beschreibung nicht leichter, so dass das Anfertigen der Zeichnung diesmal deutlich mehr als drei Stunden benötigte. Immer wieder führte Paul sich das Gesicht Werner Anhäusers vor Augen und versuchte eine möglichst identische Kopie seiner ersten Beschreibung zu liefern. Er musste bei seiner Version bleiben, er hatte keine Alternative. Nachdem die Zeichnung angefertigt war, packte Karl den Erschöpften und schleifte ihn erneut in die Zelle.

Diesmal schaffte es Paul mit einiger Mühe sich wenigstens auf die Pritsche zu legen. Hoffentlich ließen sie ihn jetzt wenigstens ein oder zwei Stunden in Ruhe.

Ein kurzer, wirrer Traum hielt ihn gepackt. Er sah Gerd Anhäuser und sich auf dem Weg zur Trainingsstätte der Eintracht gehen. Plötzlich stellte sich ihnen ein überdimensionaler Werner Anhäuser in brauner Uniform in den Weg und befahl beiden mit scharfer Stimme, sofort umzukehren. Bevor die beiden Jungen diesem scharfen Befehl nachkommen konnten, hatte sich Werner Anhäuser in eine schwarz gewandete Totengestalt verwandelt, die mit Knochenfinger auf Gerd zeigte und dem Freund bedeutete, dass er mitkommen solle. Nicht er, Paul, sondern Gerd sollte dem Todesboten folgen. Paul versuchte Gerd an der Hand zu nehmen und ihn von der Gestalt fortzuziehen, aber der Sog, der von der Totengestalt ausging, war stärker als alle Kraft, die Paul aufwenden konnte. Paul musste den Freund loslassen. Schweißnass und mit unglaublichen Schmerzen wachte Paul aus dem Alptraum auf. Dass nicht er, sondern Gerd in den Tod gewunken wurde, verunsicherte ihn zutiefst. Sollte er in den Verhören etwas verraten haben, das Freunde oder seine Familie in Gefahr gebracht haben könnte?

Die Nachricht von der Verhaftung Pauls in Frankreich traf Else Wegener wenige Wochen, nachdem der Mithäftling ihres Mannes sie besucht hatte. Der Brief war in schlichtem Bürokratendeutsch verfasst und enthielt lediglich die Tatsache, dass sich Paul in den Händen der zuständigen SS-Dienststelle, nicht aber wo Paul sich befand. Aufgegeben war das Schreiben von der Kommandantur in Bourges, einer Kleinstadt nördlich von Vichy in Frankreich. Von Katharina wusste Else Wegener, dass der Kontakt zur Organisation, sollte es diese überhaupt noch geben, mit der Verhaftung von Katharinas Kollegen abgebrochen war. Paul war also am Leben, das zumindest wusste Else Wegener nun.

Liga Terezin

Paul war nach der Auslieferung durch die Gendarmerie in Vichy im von Deutschen besetzten Teil in Frankreich inhaftiert worden. Er hoffte, seine Angaben hätten anderen Menschen kein Unglück gebracht, ausschließen konnte er das nicht, aber eine Alternative zur Irreführung der SS hatte er nicht gesehen. Er war weiter gefoltert worden und hatte in der Haft mehrfach erleben müssen, wie andere Häftlinge zu Tode gebracht wurden. Die Kontaktaufnahme zu seinen Angehörigen war nicht gestattet worden, hinsichtlich der Longchamps musste er das Schlimmste befürchten.

Im Sommer 1941 hatte Hitler seine Armeen in die Sowjetunion einfallen lassen, der Krieg im Osten hatte begonnen. Die deutschen Armeen waren, wie schon beim Feldzug im Westen, rasch vorwärts gestoßen, erlebten aber, wie der militärische Widerstand immer stärker wurde und schließlich kam der Vorstoß vor Moskau im Winter 1941 zum Stehen. Die Erwartungen Hitlers und der Militärs, sie könnten den Krieg noch vor Wintereinbruch erfolgreich zu Ende führen, hatten getrogen. Noch ahnte die Mehrheit der Deutschen nicht, dass der Krieg mit aller Macht auf sie zurückfallen würde. Trotz des stecken gebliebenen Feldzugs und des immer heftigeren

Widerstands der Roten Armee verbreitete die Propagandamaschine des Nationalsozialismus weiterhin Siegeszuversicht. Auch in Frankfurt schien das Leben, abgesehen von der zunehmenden Zahl an Benachrichtigungen über gefallene Soldaten, weiterhin den seit Jahren gewohnten Lauf zu nehmen. Noch hatte der Schatten des Krieges die Stadt nicht in vollem Umfang erreicht und nur wenige Menschen ahnten, was auf sie zukommen würde.

Else Wegeners Versuche herauszufinden, wo Paul festgehalten und was ihm vorgeworfen wurde, waren bislang ergebnislos verlaufen. Ihrem Mann, der es ohnehin in Buchenwald schwer hatte, verschwieg sie die Nachricht von der Verhaftung Pauls, es hätte ihm das Herz gebrochen und den Lebensmut geraubt. Lediglich Katharina hatte sie sich anvertraut. Aus dem Mädchen, das Paul kennengelernt hatte, war eine starke und überlegte Frau geworden, die alles Ungestüme und Ungeduldige abgelegt hatte. Paul würde sie kaum wiedererkennen, wenn er zurückkäme. Katharina hatte versprochen, Erkundigungen einzuziehen, ob sich nicht doch Wege der Kontaktaufnahme finden lassen würden, aber Else Wegener war skeptisch, sie würden warten müssen, bis Paul eine Erlaubnis zum Schreiben erhalten könnte. Immerhin trafen wenigstens aus Buchenwald hin und wieder Karten ihres Mannes ein, was Else Wegener etwas beruhigte. Die Nachrichten und Gerüchte von der

Ostfront und den Zuständen in den eroberten Gebieten waren nicht angetan, den Optimismus Else Wegener oder Katharina Linnemanns zu stärken. Vereinzelt war von unglaublichen Gräueltaten zu hören, die durch die Wehrmacht oder die SS begangen worden waren. Soldaten auf Heimaturlaub hatten teilweise ihren Familien Erschreckendes berichtet. Zwar versuchten Gestapo und Polizei diese Informationen schon im Ansatz zu unterbinden, aber mit zunehmender Kriegsdauer gelang dies immer weniger.

In Frankfurt hatte 1941 die erste, noch ungeordnete und chaotisch abgelaufene Deportation von über 1000 Juden aus dem Westend begonnen. In der Großmarkthalle wurden die zur Deportation bestimmten Familien gesammelt, Gerüchte über Misshandlungen machten die Runde. Bis Ende November 1941 wurden in drei Deportationen mehr als 3000 Frankfurter Juden nach Osten verbracht.

Die Front im Osten kostete täglich mehr Opfer und die Kämpfe wurden immer erbitterter ausgetragen. Vor Moskau waren die deutschen Truppen geschlagen und die deutschen Truppen mit Beginn der sowjetischen Winteroffensive zurückgedrängt worden.

Gerd, der bereits 1940 eingezogen worden war, lag mit seinen Männern unweit vor Kaluga im Dreck. Fast hatten sie in den Wochen zuvor Moskau erreicht und einen Tag lang sah Gerd die goldenen Kuppeln des Kreml. Er war zum Obergefreiten befördert worden und führte eine Gruppe von zehn noch verbliebenen Mann seiner Einheit. Im Vergleich zu den neu hinzugekommenen Soldaten fühlte sich Gerd als uraltes Frontschwein, das nur durch Zufall bisher überlebt hatte. Die Lebensdauer eines jungen Gefreiten in dem Armeen des Ostfeldzuges hatte seit Beginn der sowjetischen Winteroffensive massiv abgenommen und betrug an der Front im Durchschnitt nur noch dreiundzwanzig Tage. Tag für Tag prasselten die Stahlgewitter der russischen Artillerie auf die ohnehin schon dezimierten deutschen Truppen ein, immer neue, gut ausgerüstete und mit warmen Wintersachen versehene sibirische Regimenter drangen trotz Hitlers Haltebefehl immer weiter vor und an eine Eroberung der russischen Hauptstadt war schon lange nicht mehr zu denken. Gerd war froh, dass es ihnen in diesem Abschnitt gelungen war, sich einzugraben und, nach Tagen des Hungers, zumindest mit einer kleinen Proviantration versorgt werden konnten.

„Nicht einschlafen", hatte er seine Männer immer wieder ermahnt. Groß die Verlockung, sich einfach in den Schnee zu legen und dem Ganzen ein Ende zu bereiten. Es musste ein schöner Tod sein, einschlafen und einfach nicht mehr aufwachen. Doch dies hatte die oberste Heeresleitung nicht gestattet und der Soldat musste gehorchen. Wenigstens für ein paar Stunden waren sie in diesem Loch sicher.

Gerd schwante nichts Gutes, als er den leicht schwankenden Leutnant auf seine kleine, ohnehin schon dezimierte Truppe zukommen sah.
„Obergefreiter Anhäuser, ich hoffe, sie und ihre Männer sind satt geworden. Sie müssen noch mal raus. Sehen sie den Hügel da? Befehl lautet, einnehmen und halten. Unter allen Umständen."
„Herr Leutnant, das ist Wahnsinn. Wir haben nicht die geringste Chance. Da oben liegen die Russen mit Panzern und Geschützen. Auf jeden von uns kommen mindestens zehn von denen. Wir opfern unsere Leute sinnlos."
Der Leutnant sah den Obergefreiten, der gewagt hatte ihm zu widersprechen, mit einem leicht glasigen Blick an und zog mit einem kurzen Ruck die Pistole aus dem Holster.
„Obergefreiter Anhauser, entweder, sie folgen mit ihren Männern dem Befehl, oder ich erschieße sie hier auf der Stelle. Das ist Meuterei. Sie nehmen jetzt sofort den Hügel wieder ein. Der Befehl des Führers ist ihnen bekannt. Halten und zur Gegenoffensive übergehen. Keinen Meter Boden den Russen mehr."
Gerd sah, dass der Leutnant viel zu besoffen war, um irgendeinem Argument zugänglich zu sein. Eine winzige Chance bestand vielleicht, ganz sicher rechneten die Russen in dieser Nacht nicht mit einem Gegenschlag der stark dezimierten Truppen.

„Auf Männer, ihr habt es gehört. Wir müssen noch mal raus. Die da oben rechnen nicht damit, dass wir heute noch angreifen. Das ist unsere Chance, die Überraschung. Also los."

Gerd Anhäuser, noch nicht einmal neunundzwanzig Jahre alt geworden, ließ am 16.2.1942 in einer militärisch völlig sinnlosen Aktion, die ein besoffener Leutnant in der Hoffnung angeordnet hatte, endlich das Eiserne Kreuz zu bekommen, sein noch junges Leben. Drei Monate später wurde der Leutnant zum Oberleutnant befördert und ausgezeichnet, er fiel bei der Schlacht um Stalingrad.

Im Frühjahr 1942 war Paul in das Konzentrationslager Theresienstadt verbracht worden. Auf seiner Begleitakte hatte der diensthabende SS Offizier RU, Rückkehr unerwünscht, vermerkt, aber das wusste Paul bei seiner Überstellung nicht. Zusammen mit vierzig anderen Gefangenen aus Frankreich erreichte der Zug am späten Nachmittag den Zielbahnhof Bauschowitz.
„Alles antreten, los ihr faulen Hunde. Schneller, schneller." Die Befehle der schwer bewaffneten Wachmannschaften, die Kolbenhiebe und die scharfen Hunde machten Paul und seinen Mithäftlingen rasch klar, dass an Flucht nicht zu denken war. In Dreierreihen aufgestellt marschierte die Kolonne dem Ziel, dem Konzentrationslager Theresienstadt, entgegen. Das von

hohen Mauern und Wällen umgebene Gelände war offensichtlich eine ehemalige große Kaserne. Nachdem die Gruppe unter dem Tor mit der sinnigen Aufschrift „Arbeit macht frei" durchgetrieben worden war, was wiederum nicht ohne Fausthiebe, Schläge mit dem Gewehrkolben und Fußtritten abgegangen war, mussten die Häftlinge im Innenhof antreten. Paul hatte nach einem heftigen Schlag mit einer aufgeplatzten Augenbraue und einem zugeschwollenen rechten Auge zu kämpfen. Was würden die nun kommenden Tage und Wochen bringen? Würde er seinen Liebsten wenigstens eine Karte senden dürfen?

„Facharbeiter und Handwerker, hervortreten." Der SS Mann, der den Befehl gebellt hatte, war schon älter. Paul trat ebenso wie fünf Kameraden nach vorne.

„Beruf?"

„Schlosser."

„Nach links wegtreten"

„Beruf?"

„Maurer."

„Nach links wegtreten"

„Beruf?"

„Elektriker."

„Nach links."

„Beruf?"

„Schneider."

„Schneider? Nach rechts."

Der SS Mann sah Paul scharf an. Paul hatte als Einziger nach rechts wegtreten müssen und stand nun alleine und schutzlos vor dem SS Offizier.

„Du kommst mir bekannt vor, woher kommst Du?"

„Ich bin in Frankfurt geboren und habe zuletzt in Frankreich gelebt."

„Frankfurt also. Kann es sein, dass du mal Fußball gespielt hast?"

Paul war verwirrt, woher wusste der Offizier von seiner sportlichen Vergangenheit?

„Ja, ich habe ein paar Jahre bei der Eintracht gespielt."

Paul bekam es mit der Angst zu tun. Wenn er in der Haft etwas gelernt hatte, dann die Regel, dass es immer mit negativen Folgen verbunden war, wenn man als Häftling einem SS Mann auffiel. Oft genug bedeutete das Folter und mitunter auch den Tod.

„So, Schneider also. Dann haben wir für dich ja eine Verwendung in der Kleiderkammer. Die Facharbeiter bleiben hier, die anderen Abmarsch."

Während der größere Teil der Häftlinge in die Unterkunftsgebäude geführt wurde, mussten die Aussortierten weiter auf dem Appellplatz warten, um ihre Zuteilung in die entsprechenden Arbeitskommandos zu erhalten. Paul hatte keine Erinnerung an den SS Mann. Es musste eine Verbindung

zu seiner Vergangenheit und diesem Mann geben und Paul hoffte, dass sich das nicht zu seinem Nachteil entwickeln würde. Der Kapo der Kleiderkammer war ein groß gewachsener Tscheche namens Petr, ihm wurde Paul mit dem Hinweis übergeben, „da habt ihr einen für eure Mannschaft. Der hat in Frankfurt bei der Eintracht gespielt und war kein Schlechter."
Woher nur wusste der SS-Mann das? So sehr sich Paul auch den Kopf zerbrach, es wollte ihm nicht einfallen, wo er das Gesicht gesehen hatte. Und was hatte es mit dieser Mannschaft auf sich, die hatten doch wohl keine Fußballmannschaft? Petr, der Paul die Unsicherheit wohl ansah, gab ihm mit seiner bärenartigen Pratze einen leichten Klaps auf die Schulter.
„Brauchst nicht zu glauben, dass wir hier haben Sanatorium. Ist wenig Essen und harte Arbeit. Aber Fußballspielen dürfen wir, ist Zugeständnis, damit besser arbeiten. Haben eigene Liga. Kleiderkammer hat gute Mannschaft. Gewinnt viele Spiele. Kinder lieben Fußball, erwachsene Häftlinge auch. Viele Zuschauer. Hast aber großes Glück mit Kleiderkammer gehabt, ist gute Arbeit. Besser als draußen, bei schlechtem Wetter. Draußen harte Arbeit, wenig Essen, viele sterben."
„Du sprichst gut deutsch, wo hast du das gelernt."
„Bin in Nähe von deutsche Grenze aufgewachsen, viele von uns haben gesprochen deutsch. Merk dir gut. Mach deine Arbeit und versuche nicht aufzufallen, das ist Beste."

Unter Petrs freundlicher Aufsicht gewöhnte sich Paul rasch in die Situation im Konzentrationslager ein. Nicht alle hatten das Glück, einen solchen Kapo zu erhalten. Mitunter taten sich die Kapos und Blockältesten mit Grausamkeiten hervor, die denen der SS nicht nachstanden. Die Verpflegung, man konnte kaum von einer solchen reden, war katastrophal. Morgens gab es eine scheußliche Brühe, die Kaffee genannt wurde mit einer Scheibe Brot, mittags meistens eine undefinierbare Suppe mit wenigen Kartoffeln und abends wieder eine Flüssigkeit, die zumeist Suppe genannt wurde. Der Hunger wurde Pauls ständiger Begleiter und das, obwohl die Häftlinge in der Kleiderkammer und anderen für die SS wichtigen Betrieben noch etwas besser versorgt wurden, als der Rest der Häftlinge. Die jüdische Lagerverwaltung hatte zudem beschlossen, dass die Rationen der älteren Häftlinge zugunsten der Kinder Theresienstadts gekürzt wurden. Zwei Mal hatten Häftlinge versucht, im Schutz der Dunkelheit in den Kartoffelkeller einzubrechen, was nicht nur mit deren Tod, sondern auch mit stundenlangem Strafstehen der restlichen Häftlinge beim Appell durch die SS quittiert wurde. Beim zweiten Mal standen die Häftlinge bei Minusgraden mehr als zwanzig Stunden still auf dem Appellplatz, was zum Tod mehrerer älterer, ohnehin durch die Mangelernährung schon geschwächter Häftlinge geführt hatte.

Petr hatte nicht übertrieben, die Mannschaft der Kleiderkammer, die Paul als Verstärkung gerne in ihre Reihen aufgenommen hatte, war gut aufeinander eingespielt. Gespielt wurde in Teams, sieben gegen sieben, im Inneren der zum Konzentrationslager umfunktionierten Kaserne. Die besten Zuschauerplätze im Inneren der Gebäude an den Fenstern, waren der SS und Wachmannschaften vorbehalten, aber auch die Häftlinge verfolgten bis zum gefüllten letzten Zuschauerplatz die Spiele. Kleiderkammer gegen Elektriker oder Gettowache gegen FC Wien lauteten die Partien und Paul wurde rasch Stammspieler der Kleiderkammer. Paul hatte trotz Folter, miserabler Ernährung und Haft immer noch eine solide Grundausdauer und Wenigkeit erhalten, was der Mannschaft, aber auch seinem eigenen Lebensmut zugute kam. Mehr als einmal hatte er in Haft in Frankreich an Selbstmord gedacht, die wenigen kurzen Stunden des Spiels in Theresienstadt gaben ihm seine Würde und einen Teil seiner früheren Entschlossenheit zurück. Für zwei mal fünfunddreißig Minuten konnte er sich wieder als Mensch fühlen und dem Grauen des Lageralltags entfliehen.

Petr, der Kapo, war für Paul und die anderen in der Kleiderkammer ein Glücksfall. Sobald ein SS Mann in der Nähe auftauchte, gab er mit gekonnt schauspielerischer Qualität den schneidigen Kapo, der als verlängerter Arm der SS diente, kaum drehten diese den Rücken, war Petr derjenige, der die Häftlinge, wo er konnte, unterstützte. Petr war schon in der tschechischen Republik Kommunist mit Hafterfahrung gewesen und hatte einige Übung im Umgang mit Wärtern. Nur in einem Punkt verstand Petr keinen Spaß, die Mannschaft der Kleiderkammer musste ihre Fußballspiele gewinnen. Ein Unentschieden oder gar eine Niederlage konnten den Hünen richtig wütend machen, dann ging man ihm besser einige Tage aus dem Weg. An Paul hatte Petr einen Narren gefressen. Wann immer er konnte, schob er Paul eine Extraportion Verpflegung zu. „Musst stark sein, damit du Tore machen machen kannst", sagte er immer. Und sah sich fast als eine Art Mäzen des Kleiderkammerteams, soweit das seine Möglichkeiten zuließen. Auch bei der Arbeitszuteilung hatten die Mitglieder des Teams regelmäßig die leichteren Aufgaben erhalten, was seitens der restlichen Häftlinge des Arbeitskommandos toleriert wurde.

Im Laufe des Jahres 1942 waren immer neue Transporte von Juden in Theresienstadt angekommen, darunter auch drei Transporte mit Juden aus Frankfurt. Mit einem dieser Transporte war ein junger Jude mitgekommen, den Paul als Berater in der Auswanderungsstelle in der Quinkestrasse kennengelernt hatte. Noch bevor Paul ihn sprechen konnte, war dieser in die große Gruppe derer eingeteilt worden, die zum Weitertransport in den Osten bestimmt waren. Die Zustände der Lager im Osten mussten noch schlimmer als in Theresienstadt sein, Gerüchte von Massenerschießungen und Ermordungen machten die Runde und Paul fragte sich, ob man die Hölle noch potenzieren konnte.

Von Frankfurter Häftlingen, mit denen Paul kurz sprechen konnte, erfuhr er, dass die Naziführung der Stadt offensichtlich damit begonnen hatte, die alte Reichsstadt „judenfrei“ zu machen. Vom Schicksal seiner Eltern konnte keiner der Häftlinge berichten und die nagende Ungewissheit blieb Paul erhalten. Immer deutlicher wurde im Verlauf des Jahres 1942, dass für die meisten Häftlinge Theresienstadt nur die Funktion eines Durchgangslagers hatte. Das Tempo der Transporte nach Osten in eine ungewisse Zukunft hatte zugenommen. Für Paul am schwersten anzusehen war das Leben der Kinder in Theresienstadt. Ständig mangelernährt und mit schwersten Arbeiten belastet, wurde deren Leben zu einer Hölle, die wenigen Gelegenheiten zum Spiel oder dem, illegalen, Unterricht, den mutige Lehrer den Kindern gaben, die einzige Abwechslung. Tschechische Kinder und Jugendliche hatten eine ebenfalls illegale, handgeschriebene Fußballzeitung, die nach ihrem Schlachtruf auf dem Platz „Rim, Rim, Rim“ hieß, herausgebracht und über die Spiele der Liga Terezin berichtet.
Die meisten Versuche, ein Stück Menschlichkeit in den Lageralltag zu bringen, verstießen gegen SS Gesetze, wer bei deren Übertretung erwischt wurde, hatte mit harten Strafen in der berüchtigten „Kleinen Festung“ zu rechnen. Informationen bekamen die Häftlinge wenn überhaupt, dann nur aus Zufall und oftmals als Fehlinformationen zugespielt, Radio und Zeitungen standen nicht zur Verfügung.

Ende 1942 machte im Lager das Gerücht die Runde, dass eine ganze deutsche Armee in Stalingrad eingeschlossen war und in eine desaströse militärische Niederlage einzumünden drohte. Die Überbringer derartiger Nachrichten, sofern sie der SS bekannt wurden, hatte zumeist nur noch eine kurze Lebenswahrscheinlichkeit. Dennoch machten gerade diese Nachrichten und die Hoffnung auf ein Ende der Nazidiktatur und Befreiung aus den Lagern den Häftlingen wieder Mut, sich nicht mit der scheinbar aussichtslosen Lage abzufinden.
Der SS Mann, der Paul bei seiner Ankunft in Theresienstadt erkannt hatte, war vermutlich versetzt worden, denn Paul hatte ihn ab dem Sommer 1942 nicht mehr gesehen. Zu gerne hätte er ihn gefragt, woher er ihn kannte, aber es ergab sich keine unbeobachtete Gelegenheit mehr. So sehr er auch sein Gedächtnis marterte, ihm fiel einfach keine Begegnung der Vergangenheit mit diesem Mann ein. Dabei hatte Paul das Gefühl, dass der Einsatz in der Kleiderkammer ihm das Leben gerettet hatte. Von den Häftlingen, die mit Paul aus Frankreich gekommen waren, überlebte bis zum Winter 42 weniger als die Hälfte.

Im August und September 1942 war der Krieg auch in spürbarer Form in Frankfurt angekommen, die ersten größeren Bombardements hatten stattgefunden und Zerstörungen bislang unbekannten Ausmaßes mit sich gebracht. Else Wegener hatte sich an die Alarme und das Verdunkelungsgebot gewöhnt, noch war für die meisten Frankfurter trotz einiger unheilvoller Vorboten das Ausmaß der Gefahr nicht sichtbar. Nach wie vor wusste Pauls Mutter nicht, ob ihr Sohn lebte und wo er sich aufhielt. In Frankfurt hatten die Deportationen von Juden begonnen. Unter Aufsicht der SA mussten die betroffenen jüdischen Familien in einem entwürdigenden Zug durch Frankfurt zur Großmarkthalle laufen, wo sie von der SS in Empfang genommen wurden. Gerüchte machten die Runde, wonach es in der Großmarkthalle bereits zu Misshandlungen und schweren Übergriffen gekommen war. Aus der Zeitung hatte Else Wegener erfahren, dass der Freund Pauls, Gerd Anhäuser gefallen war. Auch die Nazis begannen nun zu spüren, dass der Krieg nicht an ihnen vorübergehen würde. Die Propagandamaschine Goebbels hatte alle Mühe, den Glauben an den Endsieg nach der Schlacht von Stalingrad, die im Januar 1943 mit der Gefangenschaft der verbliebenen 91000 Soldaten der 6. Armee endete, aufrecht zu erhalten. Um so fanatischer wurden an der Heimatfront die verbliebenen Juden verfolgt, der Hass wurde täglich größer und die ohnehin hohe Gewaltbereitschaft stieg ins Unermessliche. Noch ahnte die Zivilbevölkerung Frankfurts nichts von dem Grauen, das sie in den Jahren 43 und 44 noch treffen sollte.

Wieder einmal hatten sich Else Wegener und Katharina Linnemann in ihrem Café getroffen, um die wenigen Neuigkeiten auszutauschen.

„Hast du etwas Neues von Paul gehört?"

„Leider nein, keine Karte, keine Benachrichtigung durch Polizei oder SA, ich habe einfach nichts mehr gehört."

„Und dein Mann? Sitzt er noch in Buchenwald?"

„Ja, wenigstens das wissen wir. Er lebt und ist in Buchenwald inhaftiert. Ich sende ihm hin und wieder ein Paket mit Lebensmitteln und hoffe dass es ankommt. Manchmal bekomme ich eine Karte zurück, aber eher selten. Soweit ich das den Karten entnehmen kann, geht es ihm einigermaßen, aber die Karten sind sicher zensiert."

Die beiden Frauen hatten leise, flüsternd sich unterhalten. Schon der Inhalt eines derartigen Gesprächs konnte Anlass für eine Verhaftung sein.

„Ich habe leider auch keinen Kontakt mehr gefunden, der im Betrieb vielleicht mehr erfahren könnte. Die Nazis haben gründliche Arbeit geleistet. Keiner sagt mehr was, keiner traut sich mehr was und viele sind auf deren Seite. Jeder muss aufpassen was er sagt. Wir haben mittlerweile auch Kriegsgefangene bei uns, mit denen dürfen wir nicht mal reden."

„Ach Katharina, was ist nur aus unserem schönen Frankfurt geworden. Ich bin hier aufgewachsen und habe immer gerne hier gelebt. Wenn Paul und Günter meine Hilfe nicht bräuchten, ich wäre schon längst fortgegangen. Irgendwo hin, wo keine Nazis sind und die Menschen normal sein dürfen. Aber ich muss durchhalten, Paul und Günter brauchen mich, ich spüre das."

„Ich weiß, Else. Ich denke oft an Paul und wenn ich Nachts nicht einschlafen kann, versuche ich mir vorzustellen, wie wir auf einem Schiff gemeinsam in eine gute Zukunft nach Amerika oder Afrika fahren. Weit weg, in ein Land, das eine Zukunft ohne Angst bietet. Man weiß schon gar nicht mehr, wie sich das anfühlt, so ohne Angst. Und ich stelle mir vor, dass Günter und du mitkommen und wir endlich normal leben können. Ich male mir in meinen Träumen aus, wir hätten ein großes Haus mit Garten, in dem Blumen blühen. Mit diesen schönen Vorstellungen kann ich dann einschlafen und werde oft genug von Alpträumen wieder geweckt, die alle schönen Vorstellungen zunichte machen. Es tut so weh, Paul nicht sehen zu können und zu wissen, ob er noch lebt und wie es ihm geht."

Else Wegener musste schlucken, es war so schwer geworden, den Menschen, die man liebte, Tröstliches und Mut Machendes zu sagen.

„Wenn ich etwas erfahre, wirst du die Erste sein, die von mir eine Nachricht bekommt, das verspreche ich dir Wir können nur warten und hoffen, mehr bleibt uns nicht."

Am 4. Oktober 1943 wurde Frankfurt am Main erstmalig Ziel eines großen Bomberangriffs der Alliierten. Bis zu 500 Bomber hatten die Stadt angegriffen und ihre tödliche Last über der Innenstadt abgeworfen. Der Römer und weite Teile der Innenstadt waren getroffen und teilweise in Brand gesetzt worden. Auch die Wohnung der Linnemanns war beschädigt worden und Else Wegener hatte, allen Vorsichtsmaßnahmen zum Trotz, der Familie geholfen, die wenigen Habseligkeiten, die der Familie verblieben waren, in Sicherheit zu bringen. Von alledem wusste Paul, der ein weiteres Jahr in Theresienstadt verbracht hatte, nichts. Der Kapo Petr war aus irgendeinem Grund bei der SS in Ungnade gefallen und nach Osten abtransportiert worden. Der neue Kapo der Kleiderkammer, ein vergleichsweise kleiner Mann namens Milan, hatte sich rasch als willfähriger Diener seiner SS Herren herausgestellt und die Arbeitsbedingungen in der Kleiderkammer sich verschlechtert. Die Drohung mit dem Entzug der Spielerlaubnis stand ständig im Raum und disziplinierte vor allem die Fußballer unter den Häftlingen. Paul zählte nun schon fast zum „alten Eisen" der Häftlingsbesatzung und half neuen Kameraden, wo er konnte, über die ersten Hürden der Eingewöhnung hinweg.
Von der ursprünglichen Besatzung, die Paul angetroffen hatte, waren ganze drei Häftlinge übrig geblieben und es wunderte Paul oft, dass die SS ihn scheinbar vergessen hatte. Paul wusste

nichts von seinem heimlichen Gönner und Fan seiner Spielweise in der jüdischen Lagerverwaltung, der in der Schreibstube saß und bereits zwei Mal Pauls Namen von der Liste der zu deportierenden Häftlinge gestrichen und durch andere Namen ersetzt hatte. Wieder einmal hatte der Fußballgott seine schützende Hand über Paul gehalten. Der stetige Häftlingsnachschub sorgte dafür, dass die Kleiderkammer mit einem Fußballteam auch 1943 an der Liga Terezin teilnehmen konnte.

Der Krieg hatte ein anderes Gesicht bekommen. Von den einstmaligen Anfangserfolgen der deutschen Armeen war nichts mehr übrig geblieben und die Situation der Truppen im Osten immer prekärer geworden. Der brutale und verlustreiche Abwehrkampf hatte begonnen. Bombenangriffe der Alliierten auf die großen deutschen Städte, die Rüstungsbetriebe und Verkehrsknotenpunkte machten das Leben der Zivilbevölkerung zum Überlebenskampf, die Front war im Kernland angekommen. Von einer geregelten Versorgung der Bevölkerung mit Nahrungsmitteln war schon länger keine Rede mehr. Von alledem bekamen die Häftlinge, bedingt durch die Neuankömmlinge im Lager, immer wieder Bruchstücke mit und die SS hatte alle Mühe, die Ausbreitung der für die Häftlinge hoffnungsvollen Nachrichten zu unterbinden.

Ende 1943, Anfang 1944 machten international zunehmend Nachrichten von der massenhaften Vernichtung der Juden in den Lagern des Ostens die Runde, so dass die SS im Dezember 1943 damit begonnen hatte, Theresienstadt in ein Vorzeigelager zu verwandeln. Ein in deutscher Gründlichkeit perfekt inszeniertes Täuschungsmanöver sollte die erwartete Delegation des Roten Kreuzes in die Irre führen und den Eindruck erwecken, dass an den Gerüchten nichts Wahres sein könnte. Noch einmal hatte die Propagandamaschine der Nazis volle Touren aufgenommen und sämtliche Register des Perversen wurden gezogen, die internationale Delegation an der Nase herumzuführen. Hausfassaden wurden neu gestrichen und die Straßen gereinigt. Sogar Läden wurden eingerichtet, freilich ohne dass die Häftlinge das Recht gehabt hätten, dort Nahrungsmittel zu erwerben. Als die Delegation 1944 tatsächlich eintraf, mussten die Kinder im Theresienstädter Konzentrationslager sich an den Ecken aufstellen und beim Vorbeigang der Delegation mit dem verhassten KZ-Kommandanten Rahm nörgelnd fragen, „Onkel Rahm schon wieder Sardinen“ und dabei mit Sardinen belegte Brote zu zeigen. Noch einmal war der Betrug der Weltöffentlichkeit gelungen, die Delegation des internationalen Roten Kreuzes hatte sich täuschen lassen.

Das wirkliche Leben der Häftlinge hatte sich noch weiter zum Schlechteren entwickelt. Die „Endlösung der Judenfrage“ war in vollem Gang und es schien Paul und den anderen Häftlingen, dass die SS mit jeder Niederlage der deutschen Armeen noch brutaler und heftiger auf die Wehr- und Schutzlosen eindrosch. Wenige Tage vor dem Besuch der internationalen Delegation des Roten Kreuzes in Theresienstadt hatte die Invasion der Alliierten in der Normandie stattgefunden, die Operation Overlord hatte begonnen. Die spärlichen Nachrichten, die bis zu den Häftlingen durchgedrungen waren, regten der Fantasie und Hoffnungen erneut an. Das militärische Ende Nazideutschlands nahm auf der Landkarte konkrete Formen an und immer neue Städtenamen verbreiteten sich flüsternd und hoffnungsvoll.

Einen Tag nach der Landung der Alliierten hatte auch Paul den Befehl zur Deportation nach Osten erhalten.

Omega und Alpha

Else Wegener und Katharina hatten im Sommer 1944 jegliche Vorsicht aufgegeben und angefangen, sich offen zu treffen. Die Linnemanns, die erstmals bereits 1943 ausgebombt worden waren, hatte es 1944 noch ein zweites Mal getroffen und Else Wegener hatte Katharina für einige Wochen in ihrem bislang verschonten kleinen Zimmer untergebracht. Das Dritte Reich befand sich zunehmend in Auflösung und nur die Verblendetsten unter den Verblendeten glaubten noch an eine Wende des Krieges.

Ohne es zu wissen, war Katharina indirekt ihrem Paul noch einmal sehr nahe gekommen und nur der Zufall der Zeit hatte verhindert, dass sie ihn sehen konnte. Mitte 1944 hatte die Nazipropaganda in Theresienstadt den Film „Der Führer schenkt den Juden eine Stadt" zu drehen begonnen und in einer längeren Sequenz wurde das Fußballspiel Kleiderkammer gegen Jugendfürsorge im Konzentrationslager gezeigt. Katharina hatte den Film Ende 1944 im Kino gesehen und gehofft, es möge Paul, von dem sie und Else immer noch keine Nachricht hatten, gut gehen.

Der perfide Propagandatrick der Nazis traf die letzten wenigen, noch in Frankfurt und Umgebung verbliebenen Juden mit voller Wucht. Bei der Bevölkerung wurde der Eindruck erweckt, es ginge den Juden prächtig, während die deutschen Soldaten unter schwierigsten Bedingungen an den Fronten kämpfen mussten. Auf Katharina hatte der Film die unbeabsichtigte Wirkung, dass ihre Hoffnung, Paul doch wiedersehen zu können, erneut gestärkt worden war. Wenn sogar Fußball gespielt werden konnte, dann musste doch eine Chance bestehen, dass Paul noch lebte und nach Hause würde zurückkehren können. Hoffnung und Schmerz wechselten einander täglich, ja mitunter stündlich ab.

„Stell dir vor Kathi", Else Wegener war ganz aufgeregt. „Du hast ja keine Ahnung wer heute hier war."
Katharina sah Else Wegener, die völlig aufgebracht schien, an.
„Wer war denn da, nun erzähl schon."
„Der Werner Anhäuser ist hier gewesen. In voller Montur. Er hat mir erzählt, wie sehr ihn das mit Günter und Paul beschäftigt und mir angeboten, Erkundigungen einzuziehen. Er wollte sich gar für Günters Freilassung einsetzen. Ohne dass er dafür einen Pfennig bekommt."
„Schau mal einer an. Selbst unsere Goldfasane kapieren so langsam, dass es mit des Führers Wunderwaffe nichts ist. Und dass sie den Krieg mit Pauken und Trompeten verloren haben. Und jetzt versucht der Anhäuser, auf den letzten Drücker noch seine Haut zu retten. Demnächst stellt er sich noch als Freund

und Retter aller Juden hin, so ein..." Katharina fehlten die Worte.

„Ach Kathi, mir ging das doch genauso als der mit mir gesprochen hat. Aber ich habe mich zusammengerissen. Er hat versprochen, sich für Günter einzusetzen und will helfen, Paul zu finden. Und noch immer hat er bei den Nazis viel zu sagen, vielleicht kriegt er ja was raus."

Katharina schämte sich für ihre Unbeherrschtheit. Natürlich hatte Else vollkommen recht. Das Leben der beiden Wegeners musste im Vordergrund stehen, alles Andere konnte warten. Und wenn ein Werner Anhäuser helfen konnte, dann musste man diese Hilfe annehmen, auch wenn er den Preis dafür nach dem Krieg verlangen sollte. Katharina wusste, Else Wegener hätte fast jeden Preis gezahlt, um ihren Mann und ihren Sohn lebend wieder zu sehen.

„Entschuldige bitte, Else, ich bin manchmal so unbeherrscht. Selbstverständlich soll der Anhäuser nach Günter und Paul sehen, ich würde beide lieber heute als morgen in die Arme schließen. Es ist halt manchmal so schwer."

„Ich verstehe dich doch. Drück uns lieber die Daumen, dass der über Paul noch etwas herausbekommt. Wir haben schon so lange nichts mehr gehört und ich kann nachts kaum noch schlafen. Ich sehe immer das Gesicht meines Jungen vor mir, wie er strahlend seinen ersten Fußball bekommen hat. Günter hatte den aus London mitgebracht. Damals war Fußball hier noch nicht so bekannt, aber Paul wusste schon früh davon und die Jungs haben immer im Grüneburgpark gekickt. Mit allem was man mit Füßen irgendwie treten konnte. Die Schuhe sahen manchmal schlimm aus. Aber das war den Kindern egal. Die waren wie verrückt. Und später im Verein, da ist Paul richtig aufgegangen. Da hat er sich unheimlich wohl gefühlt, die Mannschaft war für ihn alles. Er hätte sein letztes Hemd gegeben, fur jeden einzelnen dort. Und dem Gerd Anhäuser hat er so oft geholfen. Ich erinnere mich noch, wie der Paul auf Gehalt verzichtet hat, damit Vater den Anhäusers die Miete reduzieren konnte. Weil der alte Anhäuser arbeitslos geworden ist. Dem Gerd zuliebe hat der Paul das gemacht. Und nie ein Wort gesagt. Zum Gerd nicht und zu niemand sonst. Und jetzt müssen wir auch noch am Ende dankbar sein, wenn der Nazi sich um unseren Sohn kümmern sollte."

Katharina sah Else erstaunt an. „Davon hat der Paul nie ein Wort gesagt."

„Ach der Paul, der hat über viele Dinge kein Wort verloren. Der war oft für andere da, auch wenn die nicht mal gemerkt haben, dass er für sie da ist. Und er hat seinen Spaß gehabt. Mit den Jungs im Grüneburgpark, mit der Mannschaft und dann hat er ja auch noch dich kennengelernt. Na ja, jetzt horen wir mal auf zu jammern, bringt ja nichts. Und hoffen wir, dass der Anhäuser rauskriegt, wo sie den Paul gefangenhalten. Und

wenn ich dann persönlich dahin fahren muss, wir holen meinen Jungen da raus."
In diesem Moment wirkte Else Wegener derart entschlossen, dass Katharina keinen Zweifel daran hatte, diese Frau würde morgen losziehen und ihren Paul raushauen, egal wo auf der Welt. Und Gnade dem, der es wagen sollte, sich Else Wegener in den Weg zu stellen.

Die folgenden Tage und Wochen des beginnenden Jahres 1945 waren in gespannter Erwartung vergangen. Katharina war trotz der widrigen Situation, nahezu täglich wurde Frankfurt von Bombern und Jägern angegriffen, immer wieder bis zur Wohnung Else Wegeners vorgedrungen und mit der Enttäuschung, dass auch der Goldfasan nichts wesentlich Neues zur Situation beitragen konnte, wieder gegangen. Frankfurt lag nach den schweren Bombenangriffen der Jahre 43 und 44 in Trümmern, die Hälfte aller Wohnungen war zerstört worden, und die Bevölkerung hatte alle Hände voll zu tun, das Überleben unter diesen Bedingungen zu sichern. Die Ernährungssituation war im letzten Kriegsjahr immer schlechter geworden und der Mangel, den zuvor hauptsächlich die Kriegsgefangenen und die jüdischen Bürger zu spüren bekamen, ergriff nun alle Frankfurter. Katharina hatte hin und wieder sich bietende Gelegenheiten genutzt, den in den Adlerwerken eingesetzten Kriegsgefangenen ein Stück Brot zukommen zu lassen, was, wäre die junge Frau dabei erwischt worden, harte Strafen, selbst die Todesstrafe nach sich ziehen konnte.

Die im Volksmund „Goldfasane“ genannten Parteifunktionäre waren aus dem öffentlichen Leben der Stadt und der Betriebe schon weitgehend verschwunden und hatten ihrerseits schon alle Hände voll zu tun, sich auf das Leben danach vorzubereiten. Die Front rückte täglich näher und es konnte nur noch eine Frage der Zeit sein, bis Frankfurt besetzt werden würde.

Werner Anhäuser hatte sich bei Else Wegener gemeldet und ihr berichtet, dass Paul noch 1943 im Konzentrationslager Theresienstadt eingesperrt und am Leben war. Danach war er in ein anderes Lager im Osten gekommen, hier konnte Anhäuser aufgrund der weit aufgerückten Front keine Informationen mehr erhalten. Die Information, dass mit dem Vorrücken der Roten Armee noch Tausende von Häftlingen auf Todesmärsche in die verbliebenen Konzentrationslager des Reiches geschickt worden waren, hatte Anhäuser wohlweislich für sich behalten.

„Wenn er in einem der Lager im Osten war, dann ist euer Paul jetzt befreit“, hatte er gesagt und war wieder gegangen.

„Befreit“ hatte er tatsächlich gesagt, und das, wo Werner Anhäuser doch früher der Meinung war, dass alle Juden am besten eingesperrt oder ausgewiesen gehören.

„Wie sich doch die Sprache selbst der Parteibonzen geändert hat", dachte Else Wegener, behielt aber ihren Gedanken für sich. Die heranrückenden Amerikaner hinterließen ihre Spuren, schon bevor der erste Panzer durch Frankfurts Straßen rollte.

Am 29. März 1945 war der braune Spuk mit der Besetzung Frankfurts durch die Amerikaner für die alte Reichsstadt zu Ende. Die Hinterlassenschaft der Nationalsozialisten waren in Form von Trümmern und Hunger zu bewältigen und die Frauen Frankfurts begannen mit den Aufräumarbeiten. Werner Anhäuser hatte sich nicht mehr bei Else Wegener blicken lassen und Else vermutete, dass er entweder in Gefangenschaft oder untergetaucht war. Neue Erkenntnisse, wo Paul geblieben war, hatte er nicht mehr beitragen können und das Versprechen, sich um Günter Wegeners Freilassung zu bemühen, blieb ebenfalls uneingelöst. Immerhin bot der Hinweis auf Theresienstadt einen Anhaltspunkt für die weitere Suche und Else Wegener hatte sich bei der amerikanischen Stadtkommandantur der Stadt Frankfurt gemeldet, um Hilfe zu erhalten. Von ihrem Mann hatte Else Wegener nun schon mehrere Monate nichts mehr gehört, die Lage an den Fronten war verworren und welcher Häftling wohin gebracht wurde, war nicht mehr in Erfahrung zu bringen. Die Agonie des Dritten Reiches hatte zu finalen Grausamkeiten geführt, die SS versuchte die verbliebenen Konzentrationslager mit allen

Mitteln zu evakuieren und die noch verbliebenen Häftlinge zu Tode zu bringen. Die letzten lebenden Zeugen sollten für immer zum Schweigen gebracht werden. Bislang waren die Amerikaner nicht bis Thüringen und Buchenwald vorgestoßen und Else Wegener blieb in großer Sorge.

Am 11. April 1945 befreiten sich die verbliebenen einundzwanzigtausend Häftlinge von Buchenwald, die sich zuvor unter größten Schwierigkeiten und Gefahren selbst bewaffnet hatten, aus der Hand der SS, bevor die ersten amerikanischen Truppen eintrafen. Die illegale Lagerleitung hatte ein internationales Lagerkomitee und nationale Einzelkomitees gebildet und die Organisation des Notwendigsten übernommen. Tausende von Häftlingen konnten so von der weiteren Verschleppung und Ermordung gerettet werden. Als die ersten amerikanischen Truppen im Lager eintrafen, hatte das internationale Lagerkomitee bereits die Leitung des Lagers übernommen. Buchenwald sollte das einzige Konzentrationslager bleiben, das sich aus eigener Kraft befreien konnte.

Werner Anhäuser war von den Amerikanern gefangen genommen und inhaftiert worden. Er hatte tatsächlich Else Wegener als Zeugin für seine Hilfsbemühungen angegeben, die ihrerseits von der Kommandatur um Stellungnahme gebeten wurde. Seine frühe Parteimitgliedschaft und die Stellung bei der

SA sprachen ebenso gegen seine Version der Geschichte, wie die Aussage Else Wegeners, die sich bemüht hatte, streng bei den Fakten zu bleiben und ihre persönliche Aversion zu unterdrücken.

Am 22. April 1945 klopfte es abends an der Tür Else Wegeners. „Komisch“ dachte Else Wegener noch, „Katharina war doch erst am Mittag da gewesen.“ Als sie die Tür öffnete, traute sie ihren Augen nicht und fing heftig an zu zittern. Ihr Mann, den sie so lange Jahre nicht mehr gesehen hatte, stand völlig abgemagert, aber lebendig vor der Tür. Ohne ein Wort sagen zu können, betrat Günter Wegener das Zimmer seiner Frau und nahm sie in die Arme. Wie lange sie so gestanden hatten, konnten beide hinterher nicht mehr sagen, plötzlich knickten Günter Wegener die Beine weg und Else Wegener hatte alle Mühe, ihren Mann zum einzigen Stuhl ihres karg möblierten Zimmers zu bringen. Die Jahre der Haft in Buchenwald hatten den kräftigen Mann körperlich derart geschwächt, dass selbst eine ruhiges Stehen über mehr als eine Viertelstunde zur Qual wurde. Aber in seinen Augen erkannte Else, dass ihr Mann, der Unglaubliches gesehen und durchlebt hatte, immer noch der starke und liebevolle Mensch war, den sie einst geheiratet hatte. Die SS konnte seinen Körper, nicht aber seinen Geist brechen.

Günter Wegeners erste Frage, „Wie geht es Paul. Wo ist er?" konnte Else nur mit einem weinenden Kopfschütteln beantworten.
„Ich weiß es nicht, Günter. Das Letzte, was wir von ihm gehört hatten, war, dass er nach Theresienstadt gebracht wurde. Dort muss er zumindest noch vor einem Jahr gelebt haben. Weiter weiß ich leider auch nichts. Ich habe in der amerikanischen Stadtkommandantur vorgesprochen, die Soldaten haben mir versprochen zu helfen und nach ihm suchen zu lassen. Wir können nur hoffen und beten."
In Günter Wegeners Gesicht begannen die Muskeln zu mahlen. „Warum haben die Paul eingesperrt, was war los?"
„Ach Günter, das ist eine lange Geschichte. Nach deiner zweiten Verhaftung haben sich hier die Verhältnisse immer schlimmer entwickelt. Die Nazis waren außer Rand und Band. Katharina und ich, wir hatten nur noch Angst, dass sie Paul auch noch holen würden. Und da hat Katharina einen kennengelernt, der in einer illegalen politischen Organisation im Widerstand war. Die haben Paul dann ins Ausland gebracht. Ab da, das war die Bedingung der Organisation, hatten wir keinen Kontakt mehr zu Paul und er durfte auch keinen zu uns aufnehmen. Das wäre viel zu gefährlich gewesen. Wie wir dann später erfahren haben, wurde Paul nach Frankreich gebracht. Kein Mensch hat 1939 damit gerechnet, dass die Nazis Frankreich erobern könnten. Ich habe dann irgendwann

1940 den Brief der SS mit der Nachricht erhalten, dass Paul in Frankreich in Haft wäre. Das war das letzte Lebenszeichen von unserem Jungen. Der Anhäuser hat in den letzten Wochen versucht, sich als Freund und Wohltäter der Juden hinzustellen und mir versprochen, sich um Paul und dich zu kümmern. Der war ja ein hohes Tier in der Partei und der SA. Der hat zumindest rausbekommen, dass Paul aus der Haft in Frankreich nach Theresienstadt verbracht worden war. Mehr hat der auch nicht rausgekriegt. Sein Versprechen, dich aus Buchenwald rauszuholen, hat er auch nicht eingelöst."

„Das letzte Lebenszeichen von Paul stammt also aus Theresienstadt. Ich werde mal versuchen über die Buchenwalder Kameraden im internationalen Lagerkomitee herauszufinden, ob es Informationen über Überlebende aus anderen Lagern gibt und wie man an diese Informationen kommt. Wir hatten im Lager eine illegale Lagerleitung, hauptsächlich Kommunisten, die gute Verbindungen auch ins Ausland hatten. Die waren bedeutend besser organisiert, als wir Juden. Vielleicht wissen die tschechischen Kommunisten was."

„Mach das Günter, aber jetzt musst du langsam auch mal was essen. Du musst wieder zu Kräften kommen, es ist ja erschreckend wie du aussiehst. Ich habe nicht viel, aber für eine Suppe wird es langen."

Am 8. Mai 1945 war der Krieg mit der Kapitulation Deutschlands beendet. Die zwölf Schreckensjahre des Tausendjährigen Reiches waren zu Ende, die Städte Deutschlands lagen in Trümmern und langsam dämmerte auch den hartnäckigsten Realitätsverweigerern, welche Hinterlassenschaften die Nationalsozialisten dem Volk aufgebürdet hatten. Die amerikanische Armee führte die Weimarer Bevölkerung durch Buchenwald, alle sollten sehen können, was vor ihren Augen geschehen war, ohne dass sie ihre Stimme erhoben hatten.

Im Frühjahr 1945 hatte Else Wegener alle Hände voll zu tun, Günter Wegener wieder zu Kräften zu bringen. In den ersten Tagen war er kaum in der Lage gewesen, feste Nahrung zu sich zu nehmen. Nach und nach kehrten seine Kräfte zurück und Günter Wegener versuchte, über seine Lagerkontakte Informationen über den Verbleib Pauls zu erhalten. Das internationale Rote Kreuz hatte am 6. Februar 1945 erreichen können, dass 1200 in Theresienstadt inhaftierte Juden in die Schweiz ausreisen durften, am 15. April wurden die bis dahin überlebenden dänischen Juden nach Schweden entlassen und zwei Wochen später das Lager nach Verhandlungen mit der SS dem internationalen Roten Kreuz übergeben. Am 8. Mai 1945 erreichte schließlich die Rote Armee Theresienstadt. Bange

Wochen des Wartens hatten für die Wegeners und Katharina begonnen.

Von der ehemals zweitgrößten jüdischen Gemeinde auf deutschem Boden waren in Frankfurt bei Eintreffen der amerikanischen Armee ganze 140 Juden, genauer, Menschen die von den Nazis als Rassejuden eingestuft worden waren, übrig geblieben. Von den Deportierten kamen in den folgenden Wochen und Monaten lediglich 360 Personen zurück, die wenigsten davon waren jüdischen Glaubens. Fast täglich war Else oder Günter Wegener im Wechsel in den Sandweg 7 oder den Baumweg 5-7 gelaufen, um neue Informationen über den Verbleib Pauls einzuholen. Dort hatten die Amerikaner eine jüdische Hilfs- und Betreuungsorganisation eingerichtet, aber auch hier konnte den Wegeners nicht weitergeholfen werden. So sehr sich die Hilfsstellen auch bemühten, Informationen darüber, wohin Paul verbracht worden war, konnten die Wegeners nicht erhalten. Von Tag zu Tag sank die Hoffnung, Paul wiederzusehen und Trauer kehrte bei der Familie ein.

Ende 1946, Anfang 1947 hatte die große Entlausungsaktion begonnen und Günter Wegener sah mit zunehmender Verbitterung, wie führende Nationalsozialisten der Stadt, mit Geldstrafen und nach kurzer Haft davongekommen waren und sich erneut, teilweise in führenden Positionen etablieren konnten.

„Else, du glaubst nicht, was ich heute gesehen habe." Günter Wegener war mit Zornesröte im Gesicht in die kleine Wohnung der beiden, die ihnen von den Amerikanern zugewiesen worden war, gekommen. So hatte Else ihren Mann schon lange nicht mehr erlebt.
„Der Anhäuser ist tatsächlich zurück. Und stell dir vor, der ist in unsere Wohnung in der Lindenstraße eingezogen. Unser Haus ist offensichtlich immer noch in seinem Besitz, dieser Verbrecher und Dieb."
„Bist du ganz sicher Günter, hast du dich da nicht geirrt?"
„Nein Else, ich habe ihn aus dem Haus kommen sehen. Der wirkte ganz aufgeräumt und feist. Ich hätte ihm am liebsten die Faust in die Fresse gerammt. Ich habe mich aber beherrscht und bin dann direkt in die amerikanische Stadtkommandantur gelaufen. Dort habe ich den Antrag gestellt, man möge mir doch bitte mein geraubtes Eigentum, das Haus in der Lindenstraße und meine Firma zurückgeben. Es kann doch nicht sein, dass die Millionen von Menschen umbringen und dann als Lohn auch noch deren Eigentum einstecken."
„Ach Günter, an unser Haus und unsere Firma vor dem Krieg habe ich schon lange nicht mehr gedacht. Was haben die denn auf der Stadtkommandantur gesagt?"
„Hoffnungen haben die mir nicht gerade gemacht. Aber ich habe die Adresse eines jüdischen Anwalts bekommen, der sich sehr für Menschen wie uns einsetzt. Da gehe ich morgen sofort

hin. Und wenn es unsere letzten Mittel kostet. Wenn wir auch sonst nichts mehr im Leben erreichen, dafür werde ich kämpfen. Ich will Gerechtigkeit, nichts weiter, nur Gerechtigkeit."

Nachwort

Die Idee zu diesem Buch entstand Mitte 2014.

Ich war schon in meiner Zeit als aktiver Jugendfußballer der B-Jugend in den 70er Jahren des vorigen Jahrhunderts in Wiesbaden ein Fan der Eintracht aus Frankfurt. Damals gab es eine Kolumne in der Frankfurter Rundschau, der Schlappekicker, die ich mit Begeisterung las, ohne allerdings zu wissen, was es mit dieser Bezeichnung der Eintracht auf sich hatte. Mitte 2014 fiel mir das Buch von Matthias Thoma, „Wir waren die Juddebubbe“ aus dem Verlag Die Werkstatt in die Hände. Ich hatte mich zuvor nie gefragt, wie die Geschichte der Eintracht und ihrer Mitglieder in der Zeit des Nationalsozialismus verlaufen war. Matthias Thoma schildert in seinem Buch unter anderem die Überlieferungen aus dem Umfeld des Julius Lehmann, der in der zweiten und dritten Mannschaft der Eintracht noch bis 1937 spielen konnte. Vor meinem inneren Auge entstand aus diesen Schilderungen das Bild eines jungen Mannes, der gerne gelebt und seinen Freunden und Mannschaftskameraden wo immer er konnte, geholfen hatte. Die wenigen überlieferten Bilder und Schilderungen lassen die Person auf schmerzhafte Weise lebendig werden. Ende 1937 wird Julius Lehmann vom Spielbetrieb ausgeschlossen, seine Spur verliert sich in den

vierziger Jahren. Der Bruder Julius Lehmanns, Max Lehmann, der den Holocaust überlebt hatte, war nach Frankfurt zurückgekehrt. Er hat seinen Bruder Julius, den er zur Eintracht gebracht hatte, niemals wiedergesehen.
Die weiteren Recherchen zu diesem großen Thema, Sport und Nationalsozialismus brachten Erstaunliches zu Tage. Obwohl ich mich seit meiner Jugend, ich bin Jahrgang 1956, auch aus familiären Gründen intensiv mit dem Nationalsozialismus und dem Holocaust beschäftigt hatte, war mir die Bedeutung des Sports und die Rolle der Vereine in dieser Zeit nicht bewusst. Das änderte sich im Laufe der Recherchen.
Am Erstaunlichsten war für mich, dass auch unter den extremen Bedingungen in den Konzentrationslagern Fußball gespielt wurde. Dies war in den meisten Konzentrationslagern der Fall, herausragend jedoch der Fußballbetrieb im Konzentrationslager Theresienstadt. Die „Fußballiga Theresienstadt - Liga Terezin" hielt einen eigenen Spielbetrieb der Häftlinge aufrecht.

Der eingangs zitierte Sozialwissenschaftler und Buchenwaldhäftling Eugen Kogon beschrieb in seinem Buch, „Der SS Staat", dass auch in Buchenwald Fußball gespielt wurde. Er schreibt:

„Kurioserweise gab es im Lager so etwas wie *Sport*. Die Bedingungen dazu waren, wie man begreifen wird, nicht gerade rosig. Trotzdem fanden sich junge Leute, die noch überschüssige Kräfte zu haben glaubten. (Und manche in den entsprechenden Kommandos hatten sie ja auch.) Sie brachten es fertig, von der SS-Führung die Erlaubnis zum Fußballspiel zu erhalten! Die SS scheint es als eine Art Reklameschild für denn prachtvollen Zustand und die gute Laune der Häftlinge angesehen zu haben. Es bildeten sich mehrere Mannschaften, die auf dem Platz hinter der letzten Blockreihe zu üben und zu Wettspielen anzutreten pflegten. Zeitweise spielten in Buchenwald zwölf Mannschaften, anfangs auch eine Judenmannschaft, die aber später verboten wurde."
(Eugen Kogon: Der SS-Staat, Frankfurt am Main 1946, S. 132f)

Der 1944 gedrehte Nazi-Propagandafilm, „Der Führer schenkt den Juden eine Stadt" zeigt eine längere Sequenz mit Ausschnitten von Fußballspielen in Theresienstadt. Anfang der 60er Jahre hatten Verwandte des israelischen Staatsbürgers Oded Breda eine kleine Aufnahme aus dem Film mitgebracht, auf der dieser seinen verschollenen Onkel Pawel wiedererkannte. Pawel Breda hatte tatsächlich, bevor er nach Auschwitz verbracht wurde und dort an Typhus starb, in Theresienstadt für die Mannschaft der Jugendfürsorge gespielt. Die Aufnahme im Film stammte von einem Spiel der Jugendfürsorge gegen

Kleiderkammer, das am 1. September 1944 ausgetragen worden war. Aus Schilderungen Überlebender geht hervor, dass der Sport und insbesondere das Fußballspiel, dem Eugen Kogon noch mit einigem Unverständnis gegenüberstand, wenigstens für eine Zeit ermöglichte, dem brutalen Alltag des Lagers zu entfliehen und den Bezug zu einer Welt der Normalität vor der Lagerzeit herzustellen. Mehr noch, für die Spieler und Zuschauer des Spiels war dies eine Möglichkeit, den Demütigungen und Erniedrigungen durch die SS einen eigenen Stolz und Würde entgegen zu setzen. Es war ein Spiel gegen die Nazis. Der Sport konnte für jeden Einzelnen auch unter schwierigsten Bedingungen eine Hilfe sein, die Grausamkeit des Geschehens zu bewältigen.

Oded Breda hat in Israel eine Stiftung zum Andenken an die Opfer und die Liga Teresienstadt gegründet. Unter http://www.bterezin.org.il/ finden Sie Informationen und Materialien zur Stiftung und zur Liga Terezin. Auch eine Möglichkeit, die Stiftung zu unterstützen, finden Sie auf diesen Seiten.

Die im Buch geschilderte Familie Wegener und insbesondere die Person des Paul sind frei erfunden, auch wenn mitunter mögliche Parallelen zu Julius Lehmann auffallen können. Natürlich wurde die Person des Paul von der Schilderung im Buch Matthias Thomas beeinflusst. Die Familie Anhäuser und die Person der Katharina Linnemann sind ebenfalls frei erfunden, aber nicht vollständig ohne Bezug auf tatsächlich lebende Personen entstanden. Auch die Geschichte einer Widerstandsorganisation bei den Adlerwerken in Frankfurt entspringt dem Reich der Phantasie. Von einer tatsächlich existierenden Widerstandsorganisation bei den Adlerwerken ist mir nichts bekannt. Im Prozess des Schreibens habe ich immer wieder auf authentische Berichte Überlebender und auf das schon erwähnte Buch von Matthias Thoma zurück gegriffen. Eine weitere wichtige Quelle war der von verschiedenen städtischen Institutionen in Frankfurt gestaltete Internetauftritt „Frankfurt 1933 bis 1945“ unter http://www.frankfurt1933-1945.de.

Ich habe dieses Buch angefangen, als im Zuge des israelisch-palästinensischen Konflikts 2014 in Deutschland erneut antisemitische Stimmungen öffentlich wurden und ein junger „Fußballfan“ sich nicht entblödete, ausgerechnet in Buchenwald den Hitlergruß zu zeigen.
Auch heute versuchen die neuen Rechtsextremisten politische Bündnisse bis weit hinein in bürgerliche Schichten der Bevölkerung, gegen Ausländer, Juden, den Islam, kurz alles, was für viele Menschen fremdartig scheinen mag, zu schmieden.
Die Nationalsozialisten der zwanziger und frühen dreißiger Jahre haben es trefflich verstanden, temporäre Bündnisse mit

den unterschiedlichsten Kräften und Organisationen einzugehen und diese für ihre Zwecke zu instrumentalisieren. Hitler kannte keine Skrupel und verbündete sich mit Jedem, der ihm auf dem Weg zur Macht behilflich sein konnte. Und ebenso schnell landeten diese Verbündeten dann in den Konzentrationslagern und Folterkammern des Regimes. Die neuen Nazis haben von den alten gut gelernt und scheuen auf ihrem Weg vor keinem taktischen Bündnis auch mit bürgerlichen Kräften zurück. Es liegt an uns, ob wir dieser Entwicklung entschieden und mit deutlicher Abgrenzung entgegen treten, oder ob wir rassistischen und antisemitischen Ressentiments weiterhin öffentlichen Raum geben möchten. Die mutige und entschlossene Haltung des Domprobstes von Köln, der Demagogen keine Kulisse bieten wollte, mag uns ein Beispiel sein.

Wenn ich heute ins Eintrachtstadion gehe, dann finde ich mich dort mit 51500 Gleichgesinnten unterschiedlicher Hautfarbe und religiöser und weltlicher Anschauung wieder. Diese bunte Vielfalt der unterschiedlichen Fans der Eintracht war mir immer wichtig. In den Fußballvereinen, nicht nur der Bundesliga, ist nach meinem Eindruck das Bewusstsein für die gesellschaftliche Aufgabe des Sports in den letzten Jahren gewachsen. Es stimmt mich hoffnungsfroh, dass auch in Zukunft allen Tendenzen des Rassismus und Antisemitismus entschieden entgegen getreten wird. Der Arbeit der Trainer und Betreuer in den Jugendmannschaften der Vereine kommt hier eine besondere Verantwortung zu. Die Vereine sind und bleiben ein Spiegelbild unserer Gesellschaft, das galt für die Vereine der zwanziger und dreißiger Jahre, das gilt für unsere heutigen Sportvereine.

Butzbach, im Januar 2015